地獄犬受難日 2

碰碰俺爺

插畫／澈總

目錄

第十二章

撒旦不從魔鬼願

時鐘滴答滴答地響著，窗外有靈魂在慘叫。

魔鬼托比亞斯耙著頭髮，坐在書桌前振筆疾書，左腳抖個不停，把整個書桌都晃得喀啷喀啷響。

親愛的桃樂絲，今天的天花板依舊沒有出現召喚陣的跡象……

自從他讓我回到地獄之後，已經過了多久呢？

托比亞斯啃著他的人骨鉛筆，手指都快要把自己藏在頭髮裡的魔鬼角給磨得光滑平整。

桃樂絲張開眼珠，眼皮抽搐，魔鬼這才停下抖動的左腳。

抱歉、抱歉，我只是覺得……人類什麼也沒說，就這樣把我丟回地獄，妳不覺得很過分嗎？

自從被放回地獄之後，托比亞斯沒有自己當初想像得那樣雀躍欣喜、歡騰慶祝，他只是在被吉吉咬了一頓之後，坐在床上盯著天花板好久好久。

他以為人類會再把他叫回去。

可是日子就這麼一天一天過了，人類像完全忘記他的存在一樣，那個將他召喚上去的入口沒再打開過。

托比亞斯揉著自己的魔鬼角。才覺得自己的角好不容易長大了一點點，怎麼最近又縮回去了？

時間都過多久了，有人間三年了嗎？

桃樂絲翻白眼，書頁上浮現日曆。

離托比亞斯被驅逐回地獄的那天總共經過了……

「嗯，原來才過了三天嗎？」

托比亞斯的體感時間似乎失了精準度。

不過時間不是重點，重點是——人類為什麼要把我丟回來？我幫他趕走魔鬼、趕走每天都會來打擾的郵差、快遞、送貨員，還幫他抓公園裡的松鼠！

我那麼好、那麼棒，他卻把我丟掉，還每次都要故意問我誰才是地獄裡最棒的狗……我怎麼會知道是誰！

托比亞斯抱怨到腦袋都開始冒煙，他吸吸鼻水，不是傷心，只是過敏，對傷心過敏。

桃樂絲盯著他，眼睛彎彎地笑，書頁上那些托比亞斯寫了很多遍的人類名字旁邊忽然冒出許多愛心。

「沒、沒有，不是，我沒有，就沒有，真的沒有。」托比亞斯慌忙塗掉那些愛心，他嚴正否認自己有什麼特殊的想法。

利蘭對他來說只是個人類奴隸、食物和啾啾叫的漂亮玩具而已，差別只在於利蘭不啾啾叫，而是「想死嗎、去你媽、殺掉你喔」這樣叫。

日記本上有著塗不完的愛心大量發生，托比亞斯一氣之下將桃樂絲闔上。

「算了！我不跟妳說了！」

桃樂絲沒有嘴，什麼也沒說，她只是露出一顆眼睛，邪佞荒淫。托比亞斯惱羞成怒，將桃樂絲放進抽屜裡面關上，一屁股把自己摔回床上，又開始盯著天花板看。

他摸著光溜溜的脖子，沒了項圈之後反而怪不自在的。他閉上眼，又偷偷張開一個小隙縫窺視。

天花板卻仍然一點動靜也沒有。

托比亞斯蜷縮身體。不知道他的人類奴隸現在在做什麼，會不會已經完全忘記他了？會不會正在狗狗公園裡和其他小騷貨玩耍？那裡有幾隻柯基犬總是顯擺著翹臀想勾引他的人類……

皺起臉，托比亞斯坐起身來。

不是啊，他在意這些做什麼？利蘭不過是個人類奴隸、食物、會「去死、去死」叫的漂亮玩具而已，根本不需要在意這麼多吧？

想要喜歡那群小騷貨就去喜歡吧！他才不在乎，不在……

「托比。」

一聽到自己的名字，托比亞斯興沖沖地抬起頭，猛搖尾巴，只是天花板依舊一片平淡，一點火花也沒有。

「托比、托比亞斯！下來吃飯！」門口掛著的三顆骷髏頭裝飾又在尖叫。

只是老爸和老媽們在叫他下樓吃飯而已。

托比亞斯垂下耳朵和尾巴，臉一下子又皺得跟酸梅一樣。人類大概真的正在狗狗公園裡被柯基簇擁著，還一手一個屁股。

「我的屁股明明也很讚啊！討厭鬼、三心二意、忘恩負義……」托比亞斯碎碎唸，進到餐廳裡坐下來準備用餐時還在不開心。

「怎麼了？學校裡又有人欺負你了嗎？」老媽們一邊看著報紙一邊問，頭都不抬一下。

托比亞斯正要說話，老爸加姆替他開口：「他都不去學校多久了。」

「輟學仔。」老媽的其中一顆頭笑他。

「多吃點，最近光顧著跑出去玩，都沒在家好好吃飯，沒營養是不能變成強壯的魔鬼的。」老爸一臉關心地往他盤子裡盛了一大坨處男心臟。

托比亞斯盯著盤中的食物，今天的晚餐依然是他不喜歡的菜色，他忍不住露出滿滿嫌惡。老爸很好心地往他盤子裡又點綴了幾根對魔鬼來說很不健康的小胡蘿蔔，可是他的臉色依舊沒有好轉。

沒有魔鬼知道在人間的時候，托比亞斯的胃口和嘴巴已經被人類給養刁了，他想吃的不是這些血腥又愛發出死前悲鳴的東西。

他想吃的東西再更黏糊、溫熱、性感又強硬一點……

托比亞斯鼻間彷彿還能聞到熟悉的菸味和那種悶燒的情色甜味，想起利蘭抓著他的臉，伸出舌尖往他嘴裡渡口水，他的口腔就開始跟著分泌唾沫。

嘴饞得要命，可惜那個可惡的人類在把他的胃口養壞之後就不理他了。

也許他再也吃不到那些好吃的東西了。

托比亞斯嘆息，一切就像場夢，現在夢醒了，他又像平常那樣坐在餐廳裡被迫吃著他不喜歡的東西。

托比亞斯一臉落寞地戳著盤子裡的處男心臟，老爸老媽們甚至不知道他這幾天根本不是跑出去玩，而是被困在人間，有了個人類奴隸，現在還被人類奴隸拋棄……

事情還能再更慘嗎？

可以。

托比亞斯抬頭，他開始幻聽，聽到利蘭那種不屑、藐視的聲音。撓撓耳朵，他東張西望，還真的讓他望來了冒著火花的召喚陣。

他的耳朵和尾巴豎立，幾乎要瘋狂搖擺起來。

有沒有可能是……

「嗨，托比。」

撒旦不從魔鬼的願，從召喚陣裡走出來的是另外兩隻魔鬼，托比亞斯現在最不需要看到的大哥莫希流斯和二哥馬努列斯。

馬努列斯甚至牽著他兩名赤身裸體的人類奴隸，一男一女。他們忠心耿耿地趴跪在馬努列斯身旁，奉他為撒旦般崇拜，眼裡還充滿愛意。

「我說過多少次，如果你要帶人類回來，要把他們放在庭院裡，不能進屋子，他們身上有細菌的話怎麼辦？」只不過老爸好像不是很開心，扠著腰教訓馬努列斯。

「我、我擦過他們的身體了啦。」原本還意氣風發的馬努列斯辯解著。

莫希流斯則趁著這個空檔坐到托比亞斯身邊。當莫希流斯很不尋常地像個和藹可親的大哥一樣搭住托比亞斯肩膀，他就覺得有什麼地方不對勁了。

「托比，小弟，我最近聽到了一個很不可思議的傳聞，和你有關……你要不要和我們解釋一下是怎麼回事？」

一頓晚餐下來，托比亞斯是吃得食不知味、戰戰兢兢。

去人間那幾天所發生的事情，他完全沒有告訴任何家人。

老爸和老媽們還以為他只是跑出去和朋友們鬼混，殊不知他在地獄根本沒有朋友，他的朋友只有桃樂絲而已，要玩也只能坐在房裡玩紙上圈圈叉叉，而且還每次都輸。

雖然如願上人間和人類簽訂契約，還意外嚇走大魔鬼巴風特，一切聽起來好像很威風……但要怎麼和老爸老媽們解釋，因為沒有聽話、沒有好好做功課，所以他和人類的魔鬼契約是怎樣不小心變成賣身契，以及他攤上惡神父後過著的又是怎樣黏呼呼又滋養卻被奴役的日子，還動不動就不讓他玩球。

更別提他是怎麼在一夕之間忽然被人類拋棄回地獄的。

托比亞斯實在開不了口，他怎麼樣也不想聽到老爸老媽們說那句：「早跟你說了吧！」也不想被莫希流斯和馬努列斯這兩個耶穌基督狠狠嘲笑。

所以後來他就乾脆都不說了，只是每天盯著天花板看，把天花板快盯出洞來。

然而……

「托比，小弟，我最近聽到了一個很不可思議的傳聞，和你有關……你要不要和我們解釋一下是怎麼回事？」

然而莫希流斯和馬努列斯不知道是從哪聽來了小道消息，他們似乎對他在人間時發生的事知道點什麼。

「什麼傳聞？」老媽們隨口這麼問的時候，她嘴裡嚼的處男心臟正在發出哀號。

「巴風特，記得嗎？我們的高中同學。」莫希流斯搭著托比亞斯的肩膀，閒話家常一樣和老媽們聊著。

原來是巴風特，那個多嘴大聲公。

盯著右手緊緊掐在自己肩上的莫希流斯，托比亞斯只覺得胃痛。

「夏天都會深受羊騷味困擾那個？」把馬努列斯的人類性奴拎出去庭院裡拴好的老爸回頭問道。

「對，就是他。」馬努列斯也坐到托比亞斯身邊。

托比亞斯被夾在兩隻高大的地獄犬中間，像隻小吉娃娃。

「最近碰到巴風特的時候，他跟我說了一件有趣的事，他說他去人間時碰到了那個傳聞中的惡神父。」莫希流斯說，他看向托比亞斯。「他還說他在惡神父身邊看到了我們的托比。」

托比亞斯渾身一震。

要死了。

「托比？人間？和那個傳聞中的惡神父？」老爸和老媽們一臉震驚，全家注意力都放到了平常不會放的托比亞斯身上。

托比亞斯吞口水，耷拉著耳朵腦袋，正苦惱著該如何解釋這一切，老媽帕絲蘿卻忽然發出豬笑聲。

「笑死了……吉娃娃托比……怎麼可能。」

帕絲蘿一笑，另外兩顆頭跟著笑，就連老爸也忍不住掩嘴笑出聲來。接著全家人都開始哄堂大笑，唯獨托比亞斯例外。

「是吧？我就說怎麼可能，我們的托比耶，只會在房間裡打手槍和寫日記的托比耶！怎麼可能會上人間，還和惡神父成為共謀？」馬努列斯大笑，他被關在庭院裡的人類性奴也跟著大笑。「如果真的上去見到惡神父，托比只會嚇到狂放火屁吧？」

對，他確實放了。

「所以是誤會吧？你真的有上人間見到什麼惡神父嗎？小弟。」莫希流斯拍拍托比亞斯的肩膀，滿臉同情。

「我……」

要說？不說？

托比亞斯沒料到全家竟然沒有一隻地獄犬願意相信他真的到過人間，和人類完成契約書的簽訂（雖然變成了賣身契）。

嘴裡一陣不甘心的酸澀，可是既然利蘭都已經不要他了，那麼是不是乾脆當這件事沒發生過就好？

除了嘴裡酸澀外，心臟還痛痛的，托比亞斯抬頭看了眼天花板，沒有動靜。

「別鬧你們的小弟了，托比連契約書都還不太會寫，怎麼可能上人間？」老爸終於止住笑，又盛了一勺處男心臟到托比亞斯的盤子。「大家好好吃晚飯。」

老媽們只有帕絲蘿還在笑，其他兩位倒是平復下來了。

「也是，巴風特大概搞錯了，那可能是別的魔鬼。」莫希流斯聳肩，終於放開托比亞斯的肩膀。

馬努列斯則是看著托比亞斯，嘲弄地說了句：「吉娃娃。」

托比亞斯深吸口氣，然後呼氣。

餐桌上的地獄犬們開始用起餐來，嘻嘻笑笑地談論起其他日常瑣事。

如果托比亞斯什麼都不說，這件事情就會這樣平淡地過去，然後新的一天又是悲慘平淡的一天。

只是當餐桌下剛吃飽的吉吉經過，看到他的腿就決定凶殘地衝上來啃咬時，托比亞斯終於按捺不住了。

「那是我沒錯！」托比亞斯起身大聲宣布：「巴風特看到的就是我沒錯！」

原本還在用餐交談的地獄犬們紛紛抬頭，一臉呆滯地看著都要站到椅子上去發表激昂演講的托比亞斯。

餐桌上的氣氛一度凝固。

面對一共六雙視線，托比亞斯知道自己是騎虎難下了。

但無論如何，身為（未來的）終極 APEX 闇墮地獄犬，面子什麼的絕對不可以丟，尤其是在這群一直把他當成小吉娃娃看待的地獄犬家族面前。

「是的！這幾天當你們在地獄裡好逸惡勞的時候，我做好契約書，送上人間，還順利和人類締結了契約！」托比亞斯捧著胸，大聲宣布：「那個惡神父旁邊的是我沒錯，因為他就是我新的人類奴隸！」

餐桌上一片靜悄悄，老媽們叉子上的處男心臟掉落在餐盤上，發出一聲靈魂哀號：

「好想打炮炮炮炮……」

「那個地獄夜報上說的惡神父？」莫希流斯皺眉。

「你的人類奴隸？像我的性奴一樣的人類奴隸？」馬努列斯瞇眼，指著庭院外正在抓窗戶想找主人的人類性奴們。

托比亞斯必須說，不管怎樣定義利蘭是什麼樣的人類奴隸，和馬努列斯的人類奴隸似乎都有這麼一點點……呃，很大的不同。

但這牛都吹下去了，還吹得又大又胖，這時候再退縮是不可能的。

「對、對，他叫利蘭……」

提到這個名字的時候，桌上的玻璃杯莫名破裂，庭院裡的自動澆水器還忽然炸裂，噴溼整個庭院，不過這都沒有阻止托比亞斯的吹噓。

「而且他根本不像新聞說的那樣，和我締約後，他就是個貼心、乖巧，又願意為我全心全意奉獻的人類奴隸，你們不知道他有多聽話。」

即使腦袋正因為謊言而冒煙，背也正因為心虛而冒著冷汗，死要面子和不能示弱的決心讓托比亞斯攤開雙手，鼻子翹到要和皮諾丘一樣長。

「真的？」

「你在說謊。」

莫希流斯和馬努列斯一搭一唱，似乎不太買帳。

「真的。」

托比亞斯逼自己挺起胸膛，他的兩個兄弟卻露出不懷好意的笑容。

「是嗎？」

「證明一下啊，召喚他進地獄裡，現在。」

「呃，現在？」

莫希流斯和馬努列斯迅速晃起了他們背後的尾巴。

「嗯，現在。」

面對家人們齊刷刷的視線，托比亞斯只是站在那裡，不知所措。

莫希流斯和馬努列斯雙手交疊，下巴靠在上頭，就像惡毒的女高中生。

老爸和老媽們則是一臉同情地看著他，除了帕絲蘿一臉看好戲的模樣。

「快啊，托比，叫出你的人類。」

「叫出他，讓他跪在地板上舔你的手，我們就相信你。」

莫希流斯和馬努列斯一搭一唱，擺明不相信托比亞斯所說的話。

「呃……嗯，但我現在不想呼喚他。」托比亞斯努力找尋適當的藉口。「家、家庭用餐時間，我們大家不是應該好好用餐，談談今天都發生了什麼事嗎？」

「是啊，我們就是想談談你最近都發生了什麼事。」莫希流斯和馬努列斯沒有放過他的意思。

托比亞斯站在桌前，冷汗直流，剛剛還站得直挺挺的魔鬼此刻卻像在罰站一樣。

要叫出人類？他要怎麼叫？而且就算真的叫了，人類不理他又有什麼用……這些天他晚上都在棉被裡叫了這麼多遍，召喚陣也遲遲沒出現啊。

餐桌上一陣靜默，尷尬和羞恥快要將托比亞斯淹沒，他頭上一陣濃煙直冒。

「不是說是對你全心全意奉獻的人類奴隸？怎麼還不下來？在上面幹什麼呢？」

誰知道，大概在玩柯基的屁股。

「笑死魔鬼了，巴風特還說得一副振振有詞的模樣，我就說怎麼可能嘛。」

莫希流斯和馬努列斯嘻笑著，完全不顧他們臉紅到要流出岩漿的小弟面子。

「可是我說的是真的！他真的是和我締約的人類，我們最近只是、只是……」托比亞斯講不下去，面子丟大，他連在家裡都無法立足。

以後他可能一輩子要當個房裡蹲了。

「只是什麼？只是你和你的幻想奴隸吵架啊？」

「下次我們去人間一定會去拜訪你的人類，希望到時候他叫得出你的名字。」

面對兄長們的嘲諷，托比亞斯反駁不了半句話。他握緊拳頭、扁著嘴，眼裡開始聚滿霧氣，這實在太讓人不甘心了。

「好了，別逗你們的弟弟。」老媽們終於說話，除了帕絲蘿還在笑之外……另外兩顆頭惡狠狠地瞪向她。

「都坐下來好好吃你們的晚餐，那些什麼惡神父這麼倒胃口的話題就先別談了。托比你也是，坐下好好吃東西，才能長得又高又壯，到時候你要去人間還是去哪裡都可以。」老爸加姆也出來打圓場，連忙要托比亞斯乖乖坐下用餐，替他化解眼前這窘迫至極的場面。

托比亞斯心不甘情不願地坐下，莫希流斯和馬努列斯的戲弄眼神卻依然在他臉上打轉。

他低頭扁起嘴來，忍不住想：與其在家裡被嘲笑，在人間的日子可能還快活點。雖然利蘭是個刻薄、凶巴巴、冷漠又動不動就整他的可惡人類，但至少他不會這樣嘲笑他，有時候還會親他摸他給他好吃的東西……

可是他想這麼多有什麼用呢？

回去人間看來是不可能了，是利蘭不要他的，不是嗎？

餐桌上的其他魔鬼已經開始談起別的話題，沒魔鬼有興趣去探究巴風特口中的惡神父旁邊的魔鬼究竟是不是托比亞斯，以及托比亞斯到底有沒有上人間去。

托比亞斯無精打采地將盤子上那些處男心臟往嘴裡塞，隨著指責他已經脫離處男行列的靈魂慘叫聲，低著腦袋的他越想越委屈。他胡亂吞著盤裡自己一點也不喜歡的食物，只想盡快結束這場晚餐，然後回房間裡去跟桃樂絲訴苦。

這時候卻有人惡作劇似的拿走了托比亞斯手上的叉子。

托比亞斯不高興地噴起火來，他的忍耐已經到達極限。

「我都說了我沒有撒謊！你們到底想怎樣？」

一掌拍在桌面上，托比亞斯憤怒地看向莫希流斯和馬努列斯。他已經決定了，今天就算會被圍在角落裡欺負，他也要和他們拚命。

只是當托比亞斯準備要拚個輸贏時，莫希流斯和馬努列斯卻只是待在座位上，一臉震驚地盯著他看，就連往嘴裡塞著死人骨頭的老爸和老媽們都停下動作，一動也不動地看著他。

托比亞斯不明所以，他的叉子也沒在莫希流斯和馬努列斯手裡。

眼前，盤子裡的處男心臟也被咻一聲吸上空中，隨著發出靈魂呼喊的處男哀號聲此起彼落，托比亞斯抬頭向上望去。

熟悉的召喚陣出現在頭頂，把他的東西全都吸了上去。

托比亞斯下意識要抓住東西固定住自己時，已經來不及了，召喚陣將他吸住，他手裡只抓到桌巾和幾瓶調味罐，整隻魔鬼被吸了上去。

莫希流斯和馬努列斯來不及抓住他。

「啊啊啊！我的 IKEA 餐具系列組！」老爸則是在慘叫。

「托比！托比亞斯！」老媽們大喊著，卻也沒能阻止整個召喚過程。

托比亞斯被吸進召喚陣內，和老爸加姆用私房錢買的餐具系列組一起消失在地獄內。

一群地獄犬看著一團混亂的餐廳面面相覷，沒人敢相信剛剛發生了什麼事。

他們的萬年家裡蹲小弟，剛剛是被人類召喚上去了嗎？

「不會吧？」

是什麼樣的人類會想要托比亞斯？

◇
◆
◇

被召喚上人間只是短短幾秒鐘的過程而已。

上回托比亞斯一進入人間就被捲進骯髒的汙水裡，像洗衣機裡的衣服一樣打滾，這回他被召喚到的人間正常多了……

一點點。

魔鬼托比亞斯和老爸的 IKEA 餐具系列組出現在一個黑漆抹烏的公路上，一台車就這麼停在公路邊，車頭燈正直射著他，刺眼得讓他不得不伸手阻擋光線。

車裡坐著一對小情侶，小情侶們正抱在一起，不知道是不是因為托比亞斯忽然出現，他們正大聲尖叫著。

車子也很不客氣地發出巨大的喇叭鳴響，響到托比亞斯都忍不住豎起尾巴，遮住耳朵跟著嚎叫起來。

「不要再按了！」

喇叭聲瞬間停止，但小情侶們沒有停止尖叫。

正當托比亞斯還以為自己有多恐怖時，卻看見小情侶驚恐地指著他的後方。

托比亞斯一轉頭，那個有著一雙大長腿，穿著一席黑西裝羅馬領，頭髮整齊後梳，只留下一抹蜷曲亮麗瀏海，他朝思暮想了整整……呃，三天的人類就站在那裡。

托比亞斯的尾巴剛要搖晃起來，下一秒就縮進腿間。

「打、爛、你、們、這、些、臭、小、鬼！」

站在大馬路上，利蘭手上正拿著一根鐵製的棒球棍，一下一下毆打著一個穿著短褲的小男孩。

先別說車裡的小情侶了，這畫面連魔鬼看了都感到心靈受創。

托比亞斯看著地上轉了一圈。

唉，又找不到回地獄的路了。

男人一開始只是想製造一點約會的氣氛。

帶著約會不到兩三次的女人到一些陰森偏僻的地方，製造一些「吊橋效應」，或許他們進展會快一點。

這方法不錯，因為當他們開著車到空蕩無人、一片漆黑，彷彿要通往地獄的六十六號公路上時，女人臉上露出了些許恐懼、些許期待。

男人將車停在唯一一盞亮著的路燈旁，坐在車裡就說起故事來。

「妳聽過黑瞳小鬼的傳說嗎？」他邊問邊調高暖氣的溫度，試圖製造一些熱度。

「那是什麼？」女人很捧場。

「聽說有人曾經在這條公路上遇到過那些黑瞳小鬼，他們只是像我們一樣停在路邊，坐在車裡抽根菸休息一下而已……」男人製造懸念：「結果車邊卻忽然出現一對五六歲的孩子。」

「在這個地方？」

「對，他也覺得怪怪的，這個地方怎麼會有孩子獨自出現呢？但更可怕的來了，那對孩子滿頭白髮，兩隻眼睛還都是黑的，沒有眼白！」

男人越講越激動，女人緊張地依偎過來。

「兩個黑瞳小鬼接著開始敲他的車窗，問他能不能讓他們進車裡，希望他能載他們一程……」

「然後呢？然後呢？」

「然後……」男人話說到一半忽然噤聲。

「你幹嘛啦！」女人還以為他在嚇唬她，嗲聲嬌氣地落下粉拳。

只是男人依然注視著前方，女人跟著望過去，兩人一下子都僵直了身體。車燈遠遠地照過去，竟然真的有兩個孩子站在公路一端。

孩子們手牽著手朝他們走來，走路速度飛快，彷彿在奔跑一樣。

不到幾秒鐘的時間，兩個男孩們已經來到車邊。在車燈微弱的照射下，只能看見他們穿著一身乾淨的襯衫還有短褲，有著整頭白髮、黑漆漆沒有眼白的瞳孔，整張臉面無表情。

「不好意思，我們迷路了，請問可以讓我們搭便車嗎？」孩子們異口同聲地說，一邊用蒼白的手掌拍著車窗。

男人和女人互看一眼，他們靠在一起，沒人敢說話。怎麼可能有兩個五六歲大的孩子獨自在連車輛都很少經過的公路迷路？要從市區走到這裡，對大人來說都很困難。

「不好意思，我們迷路了，請問可以讓我們搭便車嗎？」

孩子們只是重複著這句話，拍打車窗的力道越來越大。

「抱、抱歉，可能不行！」

男人終於找回聲音，他伸手將車門鎖上，但這動作似乎惹惱了兩個孩子。

「我們迷路了，讓我們搭便車！讓我們搭便車！」孩子們開始更用力地拍打車窗，明明才五六歲大的身軀而已，力氣卻足以使整台車搖晃。

男人和女人在顛簸的車裡尖叫，男人試圖要發動汽車逃跑，引擎卻像每部恐怖片裡演的那樣直接熄火。

男人女人的尖叫聲和車子發出的喇叭聲、警鈴聲劃破天際。

而這時一台黑色轎車默默地從公路另一端駛來，停在車頭燈照不到的另一端。

沒人注意到從車上下來了個戴著羅馬領、身穿一襲黑西裝的神父。他整個人跟夜色融在一起，黑暗中，唯獨那雙綠色的眼眸一眨一眨地閃動著。

神父姿態從容地從後車廂取出一根鐵製的棒球棍，後車廂都還沒闔上，就邁開他的大長腿，朝著正在對車裡的兩個人類狂暴怒吼，甚至開始罵起汙言穢語的孩子們走去。

「讓我們搭車！讓我們搭車！你們這兩個應該下地獄的賤人！」

「一直吵、一直吵，吵死了！你們才是他媽該下地獄的賤小孩！」

俊美的臉上爆著青筋，一出現就明顯心情很差的神父一個箭步走來，揮棒的姿勢像三分全壘打的打者，姿態優雅又充滿力量。

砰一聲，一個小孩被打倒在地，另一個小孩則在看到神父之後尖叫起來，轉身就往反方向跑。

被打倒的孩子也狼狽地在地上攀爬著要逃跑。

「嘖！」

眼看著小孩竄逃，分身乏術的神父臉上青筋明顯暴增，卻也沒有要追的意思。他瞥了眼在地上爬的小男孩，只是嘆了聲大氣，從懷裡拿出根菸來。

「喂，有火嗎？」換神父動手敲起車窗。

車裡的男人女人含淚搖頭，此刻的他們只想著：如果能活過這一次，以後沒有下次的約會了。
「嘖！」神父噘起下唇，翻他們白眼。
很沒禮貌，但有點帥。
男人和女人抱著對方，看著神父一臉不爽地叼著菸走開，浮躁地走到車頭前，靠坐在他們的車頭上。
車頭沉了一下，引擎忽然奇蹟似的發動，車裡的音樂響起，播放起讚美耶穌的歌。
幾乎被打扁半個腦袋的黑瞳小鬼還在地上爬，越爬越遠，另外一個早就不知道跑哪去了，神父好像也不太在乎，只是一臉厭世。
他雙手交叉拉了拉筋，從口袋裡拿出一張看上去很老舊的紙來，隨手往上面彈了幾下。
簡單的幾個動作。有火花被從紙上彈下，落在地上燃燒成一個巨大的火圈。
神父起身，將那張紙摺好塞進自己又挺又翹的屁股後方口袋內。不顧燃燒的火圈，他一手插著口袋，一手拿著球棒朝在地上爬的小男孩走去。
男人和女人目瞪口呆地望著這一切，神父拿著球棒開始猛往地上的小男孩身上砸。
「等、等等……只、只是想搭便車而已啊！」小男孩尖叫。

「我、聽、你、在、放、屁！」神父只是一下又一下砸著。

至於那個燃燒的火圈，有奇怪的東西在神父走開後被吸了上來。

男人和女人看著飛砸在車身上的……呃，IKEA 餐具組，還有那個伴隨著火焰忽然出現在他們面前，一臉懵懂的紅髮年輕人。

紅髮的年輕男人一身棒球外套和牛仔褲，滿臉呆滯，男人女人則是開始尖叫，不知道是誰按到喇叭，喇叭開始長鳴，紅髮男也是。

他像哈士奇一樣仰頭嚎叫，然後大喊：「不要再按了！」

喇叭聲是停止了，男人女人卻沒停止尖叫，他們指著紅髮男後方的暴力神父，和快要被打成肉醬的黑瞳小鬼。

紅髮男傻楞楞地看著眼前的慘況。

車裡的男人和女人看著他撓撓頭，幾秒後，他像是反應過來了似的，忽然蹲到地上，開始找起剛剛消失的火焰圈圈。

在黑瞳小鬼發出哀號聲時，紅髮男甚至不顧一切地挖起地來，像是想把自己藏進去一樣——直到臉上沾到噴濺血水的神父終於從殘酷無情的暴行中抬起頭來。

「托比。」

站這麼遠，卻彷彿上帝聖音，所有人都能聽到神父喊這個名字，連音響都發出連續不斷的：托比、托比、托比。

原本還在地上挖洞的紅髮男咻地一下立正站好。

神父則抿著漂亮的薄唇，看著立正站好的紅髮男第一次露出笑容，整齊的牙在昏暗中看起來白森森的，危險又迷人。

也許是嚇到精神錯亂，男人和女人隱約看到紅髮男的屁股後方有尾巴在瘋狂搖晃。

——托比、托比、托比。

進入腦袋裡的聲音低沉，令托比亞斯顫慄，人類輕輕舔個嘴唇都讓他的後腦一陣發麻。

自本能散發出的恐懼隨著他反射性的吞嚥下沉，擴散在腹部內，隨後變成一股奇怪的興奮感，密密麻麻地像一團螞蟻在肚子裡爬。

臉上沾著血水的人類陰森森地笑著，魔鬼都沒他這麼可怕。不過同時，唇紅齒白的他又俊美得像神蹟……

也許是因為上面那個混蛋在創造利蘭時不小心打翻了一卡車的個性機掰、壞脾氣和厭世元素，基於補償心態，祂把他的外型捏得很仔細。

「托比。」

被叫到名字，托比亞斯的心臟都要跳到喉嚨了，可是和人類對上視線時，尾巴還是不自覺地瘋狂晃動。

托比亞斯不知道自己是怎麼回事，明明感到恐怖，卻無法克制那種遠從蛋蛋衝上來的狂喜。

沒了先前的陰霾，人類在殘虐地施行暴打後看上去一臉清爽。他甩了甩球棒，血漬在地上濺開，他邁著輕鬆的步伐朝魔鬼走來。

托比亞斯踉蹌地後退兩步，後方的車卻擋住他逃跑的路線。

就在他整隻魔鬼幾乎要貼上車前蓋時，人類已經像蛇一樣毫無聲響地湊過來，攀附在他面前。

「嗨，狗狗。」利蘭捻下嘴裡沒點燃的菸，兩手壓在車前蓋上。

托比亞斯被困住了，胃很痛，蛋蛋卻狂喜。

莫名其妙。

他吞了口唾沫，努力挺起胸膛，畢竟上一秒他還在地獄裡生人類的氣……

別忘記人類是怎麼隨手扔棄自己的。

提醒自己，貴為來自地獄的魔鬼惡犬，這口氣不能吞。托比亞斯打算發出怒吼，用來自地獄的業火向人類表達自己的不受尊重與憤怒。

可是怒火衝出口之後，從他嘴裡噴出的卻只是氤氳霧氣，然後他委屈般的該該抱怨著：「你、你就這樣把我丟回地獄！都沒說一聲！」

托比亞斯燒紅耳朵。

「嗯，不是一直吵著要回家嗎？」人類看上去一點反省的意思都沒有。

「你把我丟掉了這——麼久！」托比亞斯把雙手張開到極限，所以大概是一百七十三公分這麼久。

「不是才三天而已嗎？」利蘭皺眉，手指輕輕地在車前蓋上敲打。

托比亞斯身體忍不住瑟縮，他好像該閉嘴了，但骨血裡魔鬼的叛逆基因卻還是驅使他伸出食指和拇指再次強調：「很——久。」只是這次大約是十三公分這麼久。

利蘭沉默地盯著他，久到讓托比亞斯都懷疑他下一秒會拿手裡的球棒往他肚子上揍。

對方真的有動作時托比亞斯都要吐了，只不過魔鬼很幸運，人類只是伸手掐住他的臉，隨意擠壓，然後把他那張看起來有點倒楣的臉弄得更加可笑。

利蘭笑露了一排白牙，揉著他髮間的魔鬼角，開始從嘴裡發出溫柔膩人的娃娃音：「哦，你是不是想我了？你這麼、這麼想我嗎？嗯？托比你說啊，你說你是不是很想我？」

托比亞斯雞皮疙瘩瞬間聳立。

沒有、才不想、根本就沒有想。

托比亞斯試圖否認，但脖子上再次被戴上的項圈逼他把謊話吞回去，他抵在車前蓋上的整個屁股也是，咻咻咻晃動的尾巴幾乎掃淨了車前蓋上的灰塵。

在詭異的娃娃音面前，魔鬼都沒有一點魔鬼的樣子。

「快說，有沒有想？」人類的娃娃音不過維持了兩秒。

被掐著腦袋的托比亞斯看著鼻尖都要湊上來的人類，嘴巴十分誠實地吐著：

「ㄧㄡˇ……」

公路旁荒蕪的土地裡綻放出幾朵白色野花，無人在意。

人類笑瞇眼，掐著托比亞斯的腦袋搖晃道：「誰是世界上最可愛的狗狗啊？嗯？是誰呢？」

「我、我不知道，是誰？」托比亞斯真心誠意地問。

可惜人類只是很失禮地笑著，也不願意告訴他答案。他將沒點燃的菸重新往嘴裡放，揚起弧度漂亮的下頷要魔鬼替他將菸燃上。

托比亞斯滿肚子委屈，卻還是替對方將菸點燃。

隨著黑夜裡的菸頭猩紅，人類的胸膛跟著上下起伏。

托比亞斯看著利蘭舒緩的表情，口水都要流出來了。

他忽然，有點餓。

利蘭的視線從頭到尾都沒離開過托比亞斯那張蠢臉，他輕吐著白霧，也不知道是在對自己說話還是在對魔鬼說話：「沒關係，之後都會把你留著。」

「什麼？」托比亞斯吸起口水，視線從人類的胸膛往上擺。

「沒什麼。」

利蘭又吸了口菸，他掐住托比亞斯的後頸將他向前帶，張嘴就把口腔裡的那團熱氣呼進魔鬼嘴裡。

車裡的小情侶看著神父和陌生的紅髮男在他們車前做這些事，已經不知道自己到底遭遇了些什麼，恐怖片的情節似乎在往另一個方向邁進。

車的引擎雖然發動了，他們卻在車上動也不是，不動也不是。也不知道是不是暖氣過熱，整個車內都因為車前蓋上的兩個人而熱烘烘的。

男人想按喇叭提醒車前的兩人注意現在的狀況，女人卻掐住了男人的手，有點過度用力。

原本整個人縮在車蓋上的托比亞斯吞下那團煙霧，口水一滴，身體也跟著滑落，幾乎要貼到他的人類身上。

「髒死了。」利蘭抱怨，神情倒是挺愉快的。

「我餓了，你是不是該餵我吃東西？」托比亞斯抓著利蘭，嗅聞他的氣味。

人類身上還是那股淡淡的異香，除了討人厭的血腥味之外聞起來乾乾淨淨的，都沒沾上任何一點別的魔鬼，或是狗狗公園那群小賤貨柯基們的騷味。

雖然把他丟掉了一百七十三公分這——麼久，但看來人類這幾天並沒有去招惹其他東西來取代他。

他還是利蘭唯一的魔鬼。

咻、咻、咻。

托比亞斯的尾巴在晃，肚子裡有種很好的感覺。

「不是現在。」可是下一秒人類卻潑他冷水。

「可是我餓了！」天崩地裂，托比亞斯捏起自己的肚皮：「你看我這三天瘦成這樣！」

但事實上魔鬼還胖了，在去到人間再回到地獄之後，托比亞斯的體重來到之前沒有過的高峰值。

利蘭瞪了魔鬼一眼，冷著臉，又用那種和此刻表情完全不符的娃娃音說道：「想吃飯飯嗎？你想吃飯飯嗎？托比。」

想、想、想！

利蘭和托比亞斯轉過頭去瞪向車裡發出聲音的女人，女人開始假裝照起鏡子來。

「我餓了！」

托比亞斯回頭，又重申。他盯著利蘭的嘴唇、利蘭的胸膛和利蘭的胯間。

可是人類笑得很可惡。

「好哇，但你要先工作才能吃飯飯喔。」

◇ ◆ ◇

遠遠的，黑暗公路的那頭，一輛黑色轎車疾駛而過。

若是光線夠亮，就可以看見幾乎半個身體掛在車窗外嚎叫的紅髮魔鬼，以及車後方拖行著的五六歲大男孩。

如果忽視那個正坐在駕駛座上猛踩油門、做神父裝扮的男人，不知道的人大概會以為這是場魔鬼的暴行……

那來自地獄，冷血無情又沒心沒肺的惡犬托比亞斯的殘酷虐待。

——但事實上，托比亞斯沒有的只是羞恥心而已。

托比亞斯半個身體掛在車窗外，不僅沒有質問出為什麼把自己丟回地獄，對人類隨意丟棄他的怒氣還在利蘭同意讓他把頭和半個身體探到車窗外後，馬上被遺忘得一乾二淨。

風將魔鬼的頭髮和臉吹亂了，他嘴唇和臉皮啪噠啪噠地順著風掀起漣漪，一度甚至忍不住興奮得嚎叫起來。

接著他緊張地看了利蘭一眼。平常這麼做，利蘭會狠心地用車窗把他夾住，不過今天人類什麼也沒做，只是放任他嚎叫。

太難得了，托比亞斯叫到嗓子都啞了才肯乖乖坐回原位。

他又偷偷看向一旁的利蘭，人類臉上沒有冒出青筋，只是一手捻著菸靠在車窗上，一手開著車，神色從容。

似乎從他回到人間之後，人類的心情都還算不錯。

托比亞斯好奇是什麼事情讓利蘭感到愉快。

真希望自己能知道。

這樣一來或許他就能知道人類的弱點是什麼……又或者只是單純看到他愉快的笑也不錯。

利蘭在沒有脅迫任何生物生命安危的情況下，純粹因為感到愉快而露出的笑容對托比亞斯來說就像一塊甜美精緻的蛋糕、爐子上烤的性感肋排、多汁甜美的水蜜……

哎喲，肚子餓。

托比亞斯撓撓肚皮，除了飢餓之外好像還有某種癢癢的東西在胃裡翻騰。

那是什麼？

不知道，也不在意。

托比亞斯只在意人類放在方向盤上那又纖長又乾淨，他想舔上幾口或吸進嘴裡的手指，但那些手指很有可能會直接抽出來揍在他臉上……

會嗎？

瞇起眼睛評估風險，托比亞斯流口水，直到利蘭瞪了他一眼。

「托比。」

尾巴一抖，紅髮凌亂的托比亞斯指著右前方，轉移人類的注意力說：「它偏離公路，往樹叢裡跑了，味道是往那裡去的。」

反正只要做好工作大概就不會挨揍（雖然人類也沒真揍過他），也不會再被丟掉。

托比亞斯是這麼想的。

不過仔細想想自己還真是委屈，怎麼堂堂一隻地獄犬還要擔心這種事，一切都怪人類又狡猾又歹毒又……

「乖孩子！」

……又香又性感。

車子急轉彎，在公路上揚起沙塵，就像利蘭突如其來的讚美一樣，在托比亞斯的肚皮內也揚起一大片古怪的欣悅。

「找到它了。」車頭燈照到正在逃跑的黑瞳小鬼，利蘭猛踩油門，加速追上，行為很惡毒，語氣卻如蜜糖：「托比是不是很棒？是不是？」

高亢娃娃音真的讓托比亞斯快瘋掉。

肚子裡那種癢癢的感覺在擴大，托比亞斯控制不住自己上揚的嘴角。

「是嗎？我很棒嗎？」他對利蘭笑得超蠢，可是怎麼樣都克制不了。

托比亞斯在地獄可從來沒被稱讚過很棒。

只可惜托比亞斯沒能獲得真正的答案，因為利蘭在回答他之前一口氣撞上了逃跑的黑瞳小鬼，整台車跟著顛簸，底下的東西則發出慘叫聲。

利蘭一臉愜意地單手轉動方向盤，切換排檔，車身就在那隻黑瞳小鬼的身上來回不斷輾壓。

「我以為你要驅魔。」托比亞斯像皮球一樣在車裡上下震動。

「我要啊。」

「這樣就能把他們驅逐回地獄嗎？」

「不行啊。」

所以只是物理上的傷害。

利蘭對托比亞斯笑道：「但因為它們本來不該是我的工作，還沒有錢賺，所以我很不開心，對它們發點脾氣是可以的吧？」

這叫發點脾氣嗎？人類是什麼驕縱的公主嗎？

「那本來是誰的工作，不可以丟回去嗎？」托比亞斯隨口問問，利蘭卻忽然看向他，沉默地反覆踩踏著油門。

什麼？怎樣？誰？

是什麼不能拒絕的對象嗎？

托比亞斯的問題很多，利蘭卻別過臉，避重就輕地回答：「你不需要知道。」

利蘭越這麼說，托比亞斯就越想知道。

引擎卻在這時很不識相地忽然熄火，連車燈都跟著暗掉。利蘭發出嘖的一聲，他的手指在方向盤上敲了兩下，車燈再次亮起。

只是原本黑暗的公路上竟然多出了十幾對五六歲的孩子，它們的瞳色全黑，膚色蒼白，成群結隊像幫派一樣把他們圍住。

「真他媽麻煩死了。」

面對這樣數量眾多的圍堵，利蘭卻一副置身事外的模樣。他彈掉手上燃盡的菸，又拿了根新的菸出來，用嘴銜著就湊到托比亞斯臉上。

托比亞斯已經訓練有素，反射性地就替他燃上菸，就像是在主人的命令下乖乖坐好，然後對主人友善地伸出手的小狗。

「你值得嗎？」

利蘭吸了口菸，他盯著托比亞斯，綠色的眼珠在黑暗中亮著，一閃一暗，很不像人類。

「值得什麼？我聽不懂。」

托比亞斯歪著腦袋，沒能明白利蘭的意思，而人類依舊在自說自話：「大概吧？」

他真心希望人類除了能夠再更溫柔、友善、聽話、包容、大方、可愛、性格穩定一點之外，和他說話也能夠說得再更明白清楚點就好。

「小笨狗。」利蘭伸手掐住托比亞斯的臉逼他靠近，又吐了他一嘴煙，但就是不給他一個吻。

托比亞斯吞下煙霧，意猶未盡，他真正想吞的是其他東西，更粗更長一點的，比方說……

球棒。

托比亞斯看著利蘭從車後座抽起球棒。

不，球棒就算了。
「你要幹嘛？」托比亞斯看著還沾著血的球棒。
「教訓小孩啊。」利蘭說。
「那些不是小孩，是魔鬼的使者們，很可怕的！」
托比亞斯看著正在活動筋骨的利蘭，他不明白人類怎麼每次都這麼有自信自己能夠赤手空拳與魔鬼們對抗，雖然車底下和車後方還有後車廂裡（？）傳來的哀號聲都好像證明他確實可以……
不是啊，到底為什麼可以？
托比亞斯的困惑被拍打的聲音打斷，那群黑瞳小鬼們不知何時已經貼在車旁，用一張張慘白又面無表情的臉瞪著他們，然後不斷拍打車身，似乎想逼迫他們從車裡出來。
「出來！出來！出來！」它們凶殘地喊著，意圖要為它們的同伴復仇。
托比亞斯擔心人類出去會被生吞活剝。
「人類你待好，讓我來處理。」托比亞斯挺起胸膛，說到底這種事還是應該要由他這個足夠嚇退巴風特的魔鬼來解決。「我會保護你，和你今天也很漂亮的臉。」
「你想保護我啊？」利蘭吸了口菸，盯著他又笑瞇眼。

托比亞斯心臟咯登一聲，但他試著表現出魔鬼該有的鎮定說道：「你是我的人類，不能讓別的魔鬼欺負啊！」

利蘭笑得連梨渦都跑出來了。

人類、怎麼、有梨渦？

咚、咚、咚！

耳邊過於吵雜，托比亞斯有點分不清楚是那吵死人小孩的拍打聲還是自己的心跳聲，他大概有心臟瓣膜脫落的問題，該去看醫生了。

「哦……托比這麼喜歡我，這麼喜歡喔？」

不是、沒有啊、沒喜歡啦！

不要再用那種聲音說話了！

「但是今天不用。」利蘭拒絕了托比亞斯，握著手裡的球棒，從容地解開安全帶。「反正那群老傢伙老愛叫我運動，希望我多製造點腦內啡控管情緒什麼的，好哇，我今天就好好運動給他們看。」

又在說著讓魔鬼摸不著頭緒的話，托比亞斯看見利蘭握著球棒的手背都冒起了青筋。

「可是……」

「不用擔心，狗狗。」

球棒尖端忽然抵上托比的嘴，溫柔黏膩地，像是利蘭在餵食時那樣。

「再忍耐一下，回去之後我會射飽你的嘴、你的臉、你的屁股，再讓你吞得一乾二淨，讓你把肚皮吃得圓滾滾的，好嗎？」

像是地獄裡的優美情詩一樣，人類的話下流到讓車外的魔鬼使者們都跟著托比亞斯愣住了。

接著車燈噹一聲暗下，黑暗之中的利蘭雙眸如同夜行動物般晶亮，而另外亮起的只有在地獄犬的親吻下燃燒起業火的球棒。

一片寂靜中，車門打開，慘叫聲取代了原本憤怒的吼聲。

◊ ♦ ◊

這年頭魔鬼真的很難當。

「哇！等等！用不著這樣！我們現在回去、回去就行了吧？」

「不。」

面對在地上爬行的小鬼抬手求饒，臉上沾染著黑色血跡、面無表情的神父卻像午後辛勤揮舞著鋤頭的農夫一樣，高舉他的球棒，然後揮下。

一切都反過來了。

原本以為自己人數眾多，神父終究會敗下陣來，跪在地上徒勞無功地捧著十字架和聖經，嘴裡唸著上帝的箴言試圖驅逐它們回地獄……

誰會知道這個神父從頭到尾沒拿出聖經，只是拿著一根燃燒著地獄業火的棒球棍，不斷地砸向它們的腦袋。

黑瞳小鬼踉蹌地奔逃著。

噹！的一聲，它的同伴的腦子被砸扁，身體還在瞬間熊熊燃燒起來，尖叫聲四起。同伴們能逃竄的都在逃竄，無奈憑空出現的地獄業火在四周燒起了一圈火牆，把它們全都困在裡面。

彷彿回到煉獄一樣。

身為魔鬼的使徒，面對區區一個人類，它們竟然像手無寸鐵的孩童一樣。

殘暴地毆打著它們的神父渾身散發著令魔鬼們膽顫的不安氣息，可能連天使都沒他這麼令魔鬼感到恐慌。

看著神父在業火中駭人的身影，倖存的黑瞳小鬼擦著眼淚鼻水跑到車旁，試圖躲藏在車邊，因為那是這裡唯一的遮蔽物。它遮住嘴，渾身顫抖，試著不讓自己發出聲，也許這樣它就能僥倖逃過一劫……

「你們一開始就逃走不就好了？幹嘛還成群結隊地跑回來？」

車裡頭卻探出一個臉看起來很蠢的紅髮魔鬼，一臉同情地望著它。

地獄的業火基本上是因為這傢伙而起的。

為什麼神父的車裡會藏著一隻魔鬼也是件讓人很匪夷所思的事情，魔鬼頸子上繫著項圈，臉看上去有些倒楣。

拜託，誰知道事情會這樣發展？

「魔鬼，你叫什麼名字？人類是你的奴隸嗎？為什麼要與我們為敵？」黑瞳小鬼低聲質問對方。

「什麼？你說我嗎？」耳包的紅髮魔鬼卻大聲詢問它。

「噓……小聲點！」

「啥？什麼？」紅髮魔鬼整個身體都要從車窗裡流出來了。

「我叫你小聲點！」

黑瞳小鬼憤怒地掐住紅髮魔鬼的嘴讓他安靜，但在紅髮魔鬼安靜下來的同時，球棒就飛過來了，直接砸在臉上。

它還來不及發出哀號，那個大半個身體掛在車窗上的紅髮魔鬼先發出慘叫，然而比起頭破血流，紅髮魔鬼只是發現自己爬不回副駕駛座而已。

那個小婊子。

黑瞳小鬼扶著自己扁掉的腦袋，驚恐地發現聽到紅髮魔鬼叫聲的神父正黑著臉走來，字面上的。逆著火光的他整個正面都籠罩著黑暗，只有眼眸像獵豹一樣在黑夜裡發亮。

「誰准你動我的東西？」

魔鬼都沒能把自己營造得這麼恐怖。

神父順手把頭下腳上的紅髮魔鬼拎起來，視線卻釘在它身上，踏著無聲的步伐走來。

「我、我只是要他小聲點……」

「誰、准、你、動、我、的、東、西？」神父只是重申。

它想大聲尖叫，卡在喉頭的唾液卻變得像聖水一樣滾燙，讓它一點聲音也發不出來。嚇唬人類嚇習慣的它竟忍不住尿溼褲子，神父的腳踩上來的那一刻，它從沒這麼嚮往死亡過。

◇
◆
◇

托比亞斯坐在車後蓋上，因為利蘭不准他再把身體掛在車窗上了。

被揍得很慘的黑瞳小鬼們默默啜泣，囂張的氣焰已經被全部拍熄，利蘭正像綑綁串豬肉一樣綑綁著這群魔鬼使徒。

人類還真的……完全不需要他的協助。

托比亞斯用雙手撐著臉，擰起眉心。

是什麼讓人類有能力徒手制伏魔鬼？他甚至從頭到尾沒有拿出聖經或十字架，試圖用天上那個老頭的父權主義說教無聊死魔鬼們。

利蘭就是……呃，揮棒、出拳、過肩摔、巴西柔術鎖喉。

普通的人類怎麼能做到這種事？怎麼能用巴西柔術對付魔鬼？

「當它們問你名字時，不要隨便報全名上去，你們撒旦沒教你嗎？」

結束手上的工作，利蘭嘴裡含著菸朝他走來。托比亞斯替他把菸點上，人類卻羞辱般地輕輕吐了他一臉白煙。

可惡的人類。

真香。

「我是魔鬼，它們只是魔鬼的使徒，基本上就像是地獄界的 Uber eats。」專門外送給今晚我想來點靈魂的飢餓又懶惰的魔鬼們。「報上名字它們也不能做什麼，反倒應該要尊敬地喊我一聲托比亞……」

托比亞斯被人類一把掐住嘴。

「不，都不要說，你這小笨狗，因為你的名字現在是我的，不要給別人。」利蘭捏緊托比亞斯的臉頰，他警告著魔鬼，魔鬼背後的尾巴卻輕輕搖晃起來。

利蘭揉捏著一點危機意識也沒有的魔鬼的臉，托比亞斯皺眉的樣子很苦命，可笑至極，於是他笑了，又是那種有梨渦的笑。

陰晴不定的人類。

哎喲漂亮死了。

「你不知道外面的傢伙有多壞。」他放開托比亞斯。

人類好像是最沒資格說這句話的人，托比亞斯心想。他看著地上那些悽慘的黑瞳小鬼們，那個原本很友善，和他說話說到一半的小鬼尤其被揍得最慘。

「不過你到底是怎麼做到的？」托比亞斯好奇地問。

「什麼？」

「你在袖子裡藏著聖水還是十字架什麼的嗎？你甚至不是用聖經毆打它們。」托比亞斯抓著利蘭的手臂嗅聞，沒聞到什麼聖潔的刺鼻氣味，性感色情的味道倒是有。

他的舌頭不知道什麼時候貼上去了。

托比亞斯看著利蘭，利蘭看著托比亞斯。

「我不用那種東西，不過用聖經毆打魔鬼是個有趣的主意，我會考慮。」

就怕下次聖經會打在他舌頭上，托比亞斯舔了一口後立刻收回舌頭，正襟危坐，裝作什麼事情都沒發生，不過人類看上去沒有生氣，淺淺的梨渦殘存，淚痣掛在彎彎的眉眼下，他的好心情這次持續很久。

「所以赤手空拳制伏魔鬼的祕訣是什麼？」

「我。」

我？

「什麼意思？」

托比亞斯真是恨透猜謎了，那是他最不擅長的遊戲……還有躲貓貓、一二三木頭人、上帝抓魔鬼。

利蘭沒有要解釋的意思，彈掉菸蒂，一把勾住托比亞斯的脖子將他拖下車。

「我不會再把頭伸出去了！我會乖乖坐好，不要把我跟那些小鬼一起綁在車廂後面拖行！」托比亞斯掙扎。

「你在說什麼，我只是要帶你回家，工作結束，該是乖狗狗吃飯飯的時間了。」

飯！

飯！

腦袋被人類用巴西柔術鎖在懷裡的托比亞斯要瘋掉了，肚子發出巨大聲響，他多久沒吃到香噴噴的人類了？多久！

托比亞斯不掙扎了，他貼在利蘭身上，抱著利蘭的腰，口水都要滲進人類的襯衫裡去了。

——可惜天不從魔鬼願。

在把他塞進副駕駛座前，利蘭的腳步忽然停下。

「那、群、老、王、八、蛋。」

托比亞斯聽見利蘭咬牙切齒的咒罵聲，他的脖子跟著被緊緊鎖了一下，發出喀嚓的聲音還有彷彿來自天邊遠處，聖鐘和邱比特合奏的優雅聖樂。

簌簌簌地，雞皮疙瘩從托比亞斯的皮膚上冒出。

不遠處，有輛白色轎車緩緩駛來。

隨著白色轎車向前行進，黑暗公路上那些壞掉的路燈也一盞一盞地亮起，漆黑的夜空中星光爆炸性地冒出，就和托比亞斯肌膚上的雞皮疙瘩一樣。

空氣裡瀰漫著一種讓魔鬼噴嚏連連的刺鼻氣味。

在托比亞斯的頭被扭斷之前，利蘭終於將他放開，他看了眼不斷打噴嚏的魔鬼，粗魯地掐著他的臉，從懷裡抽出手帕替他抹臉。

「那是誰？」托比亞斯好奇地瞪著開過來的車，喉頭忍不住發出呼嚕聲。

他本能地認為來者不善。

利蘭沒有要回答的意思，抓著他的臉左右翻看，確認他脖子上的項圈夠牢固之後，替他將外套穿好。

人類吸完他嘴裡的最後一根菸，盯著托比亞斯說：「等等不准說話，乖乖待在我背後。」

托比亞斯還沒說話，白車已經停到他們面前，很不客氣地揚起一片沙塵，夜空裡的星星也隨著他們的到來下墜，如同逐漸貼服在他肌膚上的疙瘩。

魔鬼試圖探頭查看，但人類岔開著大長腿擋在他前方，還不斷把他的頭推開。

托比亞斯只能從利蘭扠腰的手臂空洞中往外看去。

兩個身影在白車裡交談了一陣子，也不顧車頭燈正對著他們，又亮又刺眼。某種厭惡感和壓迫感不停在托比亞斯胸腔內堆積，他有股想衝著對方叫的衝動，卻又忍不住縮在利蘭身後。

有什麼討厭的東西要下來了。

當車門被打開，車內的兩個身影走下車時，天上發出了詭異的豎琴聲和邱比特們銀鈴般的笑聲，被綑綁在車後方的黑瞳小鬼們紛紛發出哀號聲，唯獨利蘭衝著天上喊了聲：「閉嘴！」

天上安靜下來，兩個身形高瘦，穿著白色西裝的傢伙下車，姿態做作地朝他們走來。他們金髮碧眼、樣貌俊美，其中一個頭髮捲而蓬鬆，面容年輕秀氣，另一個則是將金髮全部向後梳，相貌較為銳利英挺。

他們一臉愜意地站到利蘭和托比亞斯面前，兩個都是一副斯文敗類的模樣，空氣裡那股刺鼻的香味更濃重了。

「迦南、烏列。」利蘭一一唸出對方的名字，看起來是舊識，只是他的聲音很低，聽起來飽含慍怒。「你們現在是在跟我玩好天使、壞天使的遊戲嗎？是不是想被打爛啊？」

天、天使？

從沒見過在地獄裡惡名昭彰的流氓一族，托比亞斯試圖把頭探得更出去，卻又被利蘭用手臂夾住。人類依然穩穩擋著他，不讓他亂動。

「利蘭。」叫迦南的白衣西裝男友善討好地點頭示意，烏列則是冷冰冰地看了被夾在手臂裡的托比亞斯一眼，眼神裡充滿好奇與不善。

魔鬼又開始噴嚏連連，身後的那群黑瞳小鬼跟著發出哀號聲。

「你們為什麼會出現在這裡，現在是怎樣，在監視我嗎？」利蘭的聲線越發不爽，原本燦爛的星空被紅光籠罩。

「冷靜點、冷靜點，別每次都把事情搞到一副要世界末日的模樣。」迦南舉起手安撫，他捲翹的瀏海跟著晃動。「我們只是像在關心小弟弟一樣關心你。」

「對，小弟弟，順便來看看你的工作狀況……」烏列說。他皮笑肉不笑，然後又看了托比亞斯一眼。「還有看看你最近都在幹什麼。」

天使對魔鬼微笑，魔鬼一陣反胃。

「看你爸啊看，你們這些死老頭。」利蘭打斷天使的注視。

「注意一下你的用詞，利蘭，你的身分不該說這些話，你爸聽到會生氣的。」烏列皺眉。

「誰鳥他啊。」人類翻白眼，很不客氣地瞪向另一隻天使。「還有你，你是想再被我砸爛臉一次嗎？」

「別砸我漂亮美麗的臉！」迦南抖了一下，潔白的翅膀都跟著被嚇出來。

「這跟我們當初說好的不同，我們當初的交易是我幫你們處理掉這些臭小鬼，你們就不會來煩我。」利蘭質問：「我完成了我的部分，但現在呢？」

托比亞斯全程有聽沒有懂，為什麼他的人類會和天使做交易？

「就說了只是關心一下。」天使一臉委屈地眨著眼，他的臉頰紅潤，金色捲髮散著柔焦光，水汪汪的藍色大眼楚楚可憐。

托比亞斯在地獄裡就曾經聽說過天使們很喜歡裝可愛，那是他們引誘魔鬼大意的陷阱，哄騙人類膜拜他們的詭計。

魔鬼吞了口口水，緊張地伸手抱緊人類的腰，深怕他下一秒被哄騙膜拜去了。

不過他的人類很爭氣，只是低頭看了他一眼，沒有多說什麼，就繼續用對方欠了他兩千萬的態度對天使們說話：「你們騙我，還不知感激。」

天上發出轟隆聲響，烏雲密布，連閃電都是紅色的。

「不，我們當然很感謝你的幫忙。」烏列雙手環胸，一點感恩的模樣也沒有。「只是你父親囑託過我們要照看你，而你最近的行為好像有點脫序，迦南還說你好像偷偷養了奇怪的東西……我們總是要關心一下吧？」

天使刻意蹲低傾身，視線與托比亞斯平行，他問道：「這就是那個嗎？奇怪的東西。」

「不是奇怪的東西。」眼見藏不住，利蘭乾脆也不藏了，他搭住魔鬼的肩膀，將小一圈的魔鬼擁在懷裡。「是我的東西。」

「哦，他怎麼長這樣？」烏列皺眉，笑了一聲。

幹，什麼意思？

要不是托比亞斯被利蘭抓住，他會衝出去燒爛那隻天使。

應該會。

「按照傳聞所說，我還以為他會長得更大更凶猛一點。」

「什麼傳聞？」

「你偷偷豢養了隻魔鬼的傳聞。」烏列說，他笑眯眼道：「你知道你父親如果知道這件事會有多憤怒多失望吧？就算你是他歷屆以來最溺愛的孩子。」

「你嫉妒喔？哭哭。」

「我才不嫉妒被寵壞的小孩，我只是想警告你事情的嚴重性，要是被你父親知道這件事，你該怎麼辦？」烏列雙手合十，指腹輕敲著指腹。

那就是天使這種生物在地獄裡被稱作流氓的原因。

沒聽懂天使們到底在和利蘭討論什麼事，托比亞斯只覺得自己的人類被欺負了，天使們怎麼可以欺負他個性雖然差，但美麗脆弱的人……

托比亞斯一轉頭，利蘭的臉黑得嚇死魔鬼，隨著他驟升的怒氣，地面還忽然轟隆轟隆地震動起來，有幾處甚至裂開來，路邊的雜草正在迅速枯萎。

「冷靜點，紳士們，我們沒必要把事情鬧大吧。」迦南出來陪笑打圓場，但末日氣味依舊濃厚。

「所以被我說中了？傳聞是真的。」烏列還在挑釁。

托比亞斯只希望那隻蠢天使閉嘴，再這樣下去他們可能都會……魔鬼的臉忽然被一把掐住，用力揉捏。

腦袋往上一仰，利蘭的臉忽然靠到一頭霧水的托比亞斯頭頂上，親暱地廝磨著。

但托比亞斯感覺更像是被挾持的人質。

「才不是，你哪隻眼睛看到他像魔鬼了？」人類發出了銀鈴般毫無感情的笑聲。

「我會豢養他是因為托比吸我的屌時很賣力，被我幹的時候都會很開心，他崇拜我、愛我、拜倒在我的腳下，他是我的小情人，世界上最棒的狗狗。」

人類爆言，天使們唰地一下子像驚嚇的鴿子紛紛展開翅膀，沒辦法摀住耳朵的黑瞳小鬼們持續哀號，魔鬼……魔鬼托比亞斯基本上只聽見一件事……

誰是世界上最棒的狗狗？

原來答案是自己嗎！

托比亞斯被隱藏起來的尾巴咻咻咻晃著，拍打著利蘭的大腿。

◇◆◇

幼年的利蘭就是個漂亮的孩子。

陶瓷般白皙無瑕的肌膚、濃密又長的睫毛、深邃卻又清亮的雙眼，嘴唇紅潤嬌豔。連英俊貌美的天使們都認同，他可能是上帝至今為止最好的作品了。

除了俊美的外貌之外，小時候的利蘭還是個相當聽話可愛的孩子。

當迦南和烏列告訴他，他肩上背負著偉大的十字架，頭頂著人間的苦難，他長大後應當像他的前身一樣向大眾傳遞福音，宣揚他父親的美好，凝聚信仰並洗清地獄魔鬼為大眾帶來的罪時，他也沒有半句怨言，只是乖乖地吃著手指點頭說好，不吵不鬧。

所以迦南和烏列到現在都還記得，當他們看著身高才到他們腳邊的孩子如此純真無邪又順從，他們心裡都想著——讚啦！以後就有年輕又新鮮的肝可以代替他們做更多的工作了！而他們只需要在旁邊翹小指喝著雞尾酒，偶爾幫忙提點幾句就好。

打著如意算盤，他們滿意地摸摸孩子的腦袋後便張開翅膀，留下他和他那正在崩潰自己怎麼會生孩子的處女母親快活去了。

就像過去他們前輩所做的那樣。

他們丟下孩子，然後放任孩子獨自在人世間經歷磨難並嘗盡苦頭，藉此鍛鍊出他強大的心志和毅力，而等到他日後成長茁壯，就能成為人間的領頭羊，帶領已經逐漸失去信仰的人們再度讚揚他們的主。

這是從前被實驗成功過的事情，所以迦南和烏列天真地以為輪到他們之後，他們也只要照本宣科就好。

只要將上帝的完美種子種下，就能靜待收成豐美的果實。

這有什麼難的？能出什麼差錯呢？

「……是因為托比吸我的屌時很賣力，被我幹的時候都會很開心，他崇拜我、愛我、拜倒在我的腳下，他是我的小情人，世界上最棒的狗狗。」

——時間回到現在。

可以的話，天使們還真想回到過去打當年的自己兩巴掌。

那顆他們丟在人間的可愛小種子，在他們四處玩樂的那幾年間，竟然迅速成長歪劣成現在這副德性……

「托比會為了迎合我、討我喜歡，自己掰開屁股。射精的時候還會用力夾緊我的屌，求我給他更多，或求我射在他臉上。」

長大後的利蘭依舊俊美，維持在最美好的年齡，他仍然是上帝最完美的傑作，只是他現在懷裡正抱著不知是不是魔鬼的紅髮男孩，手指情色地掐在對方臉上不斷揉捏，嘴裡還吐著令天使腦門冒汗的淫穢語言。

迦南可以看見烏列強悍的背都汗溼成一片，他們的翅膀隨著「屌、幹、掰開、射精」這些字眼而不安地賁張著。

性這種事情在天上是個禁忌，天上的居民們很保守，他們總是避而不談這件事。

迦南忍不住遮起耳朵尖叫，他知道自己的老同伴也想這麼做，只是為了面子，他硬是咬牙忍住尖叫聲。

「是不是？你是不是最聽話最棒的狗狗了，托比？」利蘭低頭詢問懷中的紅髮男孩，語氣彷彿魔鬼低語。

那顆純潔漂亮的小種子發芽後沒有成長為健康的大樹，卻成了盤根錯節難以清除的克蘇魯怪物。他懷裡的紅髮男孩卻注視著這樣的怪物，眼神閃閃發光。

「所以、所以世界上最棒的狗狗是指我，是嗎？」最在乎的竟然也只有這件事。

「是喔。」利蘭的視線短暫地放到懷裡的紅髮男孩身上，他隨意用手指捲著他的頭髮，語氣刻意柔軟黏膩。

「夠了！」終於，烏列找回聲音，他撫平身上的雞皮疙瘩說：「你說這些到底想表達什麼？」

利蘭把視線放回天使們身上，他沒事般地聳肩道：「只是告訴你們他是我的小寵物，我最近正在幹的男孩，不是什麼魔鬼。」

「不要、不要再說那個字了！」天使們又摀住耳朵，聳起翅膀。

「哪個字？」利蘭比誰都還要會裝無辜，咬字清晰地用唇舌說出那幾個字：「幹、屌、射精？」

那些字讓天使痛苦，對魔鬼來說卻像在唸食譜。

「你在睜眼說瞎話，利蘭，我們又不是什麼低階天使，那傢伙明明就有問題……」

「好了好了，別激動。」迦南攔住指著人類要上前理論的同伴，悄聲和對方說道：「你也知道，現在和利蘭起衝突對我們來說沒好處。」

天使們很清楚，要是真的和這個在他們一不留神間就從可愛小天使變成妖魔鬼怪的救世者起衝突，最後的結果很可能會是兩敗俱傷——或是他們單方面被強力壓制。

畢竟天上的老大對這個漂亮的成品可以說是極度溺愛，當初加了很多神蹟進去。

老大期待他能將這些神蹟用在解決人世間疾苦並承受更多磨難上，他現在卻拿來對付他們……總歸一句話，他們當初太相信人性了。

「你知道就算他真的只是個普通的男孩，你父親也不會開心吧？」迦南試圖動之以情，說之以理。

利蘭卻笑咧嘴：「我當然知道。」

「你這個逆子，都不羞愧嗎？」烏列指責。

「為什麼要羞愧？」

「打信徒、斂財就算了，豢養魔鬼甚至是與男性……交媾。」烏列艱難地吐出那些詞。「你這樣對得起你那些曾經在人間為世人受難的前身嗎？」

「那白痴想過那樣的生活和我有什麼關係？他是他，我是我，我只是在過我自己喜歡的生活而已。」利蘭昂首，彷彿在展示自己與身俱來的美貌，他臉上沒有一絲羞恥或遲疑。「同樣道理，和你們也沒有關係。」

天使們張口正要繼續辯論，那種肚子因飢餓而發出的咕嚕怪響卻率先響起，在安靜死寂的公路上特別明顯。

所有視線都放到利蘭懷裡的紅髮男孩身上。

完全不管他們剛才的那些道德辯論，他只是盯著利蘭的下頷和頸線，滿眼愛慕，口水還沿著嘴角滴下。

天使們無語，雖然他們強烈地懷疑，甚至是肯定那其實是利蘭私自豢養的魔鬼，但看到對方那副蠢樣，自傲的天使們都忍不住遲疑了——真的會有魔鬼蠢成這樣嗎？

在他們的疑惑被解決之前，利蘭看向懷裡的紅髮男孩，不顧天使們的注視，忽然伸出手指抹掉對方的口水。

「餓了嗎，托比？」利蘭低聲詢問，卻在男孩張嘴時將拇指直接探入男孩嘴裡，也不知道是要他回答還是不要他回答。

叫托比的男孩也沒有推拒，還配合到近乎痴迷地吸吮著利蘭的手指。

利蘭歪著腦袋，咕啾咕啾地抽插手指，用指腹輕輕抵著男孩的牙和犬齒。男孩張著嘴，肚子依然咕嚕地叫喊著，利蘭則露出被愉悅到的笑容。

被晾在一旁的天使們看得都被熱汗打溼了美麗的秀髮，而天使明明不會流汗的。

終於，利蘭抽出手指，他兩手掐在男孩肩上，低頭注視著對方看上去有點倒楣的臉，滿意地說了句：「我說會留著就是會留著。」

還沒等天使們動作，利蘭率先轉過身來，臉上的笑容已經不見了。

「托比是什麼東西不重要，重要的是他是我找到的，我的東西，我要留著。」

天空雖然不再泛著紅光，也不再伴隨著雷光轟隆作響，卻有股讓人感到窒息的寧靜。

「你們要我做的事情我都完成了，那群死小孩要怎麼處理都可以，不過如果你們日後還希望我繼續配合，那麼最好遵守當初和我的約定……」

利蘭慢步上前，宛如蛇一樣，逼近翅膀逐漸炸開的天使們。

「不管我想要留著什麼、養什麼或幹什麼東西，你們都他媽的少來管閒事，明白了嗎？」

在威脅完天使後，人類將他的「紅髮男孩」塞進車裡，油門一踩就離開了這荒涼的公路。臨走之前他還不忘把整個身體探出車窗外的男孩拉進車裡，外加伸手對天使們展現他又直又長的中指。

那根中指不知道飽含多少情緒。

人類帶走他的紅髮男孩後，原本被紅光異相籠罩的天空一下子都清澈起來，星星們繼續以飛快的速度在空中閃亮墜落。

而一直到看不見車尾燈了，天使們才慢慢收回弓張的翅膀，嘰嘰喳喳地在背後說起人類的壞話。

「現在這個還真的是一點也不可愛，嘴巴又髒得要命，我想念那個還在吸奶嘴的利蘭。」迦南一臉心疼地撫摸著自己的翅膀，他逍遙快活這幾年間所養出的豐潤翅膀在這短短幾分鐘內被嚇掉了不少羽毛。

「我們當初就不該相信那個女人，這世代不是所有處女都懂得當母親，那女人把他養成了被寵壞的孩子。」

烏列的也是。

迦南認同地點點頭，他看向滿地的羽毛，翅膀某處已經禿了一塊的烏列正在恫嚇那群被利蘭扔下，捆在一起自生自滅的黑瞳小鬼們。

再多見人類幾次，他們美麗的翅膀恐怕會直接禿掉。

「他養的那個東西絕對不可能是人類，隨便都聞得到地獄的臭味。」烏列還在碎碎唸著剛剛發生的事。「我們不能就這樣放過他。」

「但就像他說的，我們確實有過約定，他負責幫我們辦事，我們納涼，然後對他做的所有事都睜一隻眼閉一隻眼。」迦南站到烏列身邊，並肩看著那群被打得很慘的黑瞳小鬼。

天使們最擅長的事就是睜一隻眼閉一隻眼。

就像是這群魔鬼的使者，天使們其實一直都知道地獄裡的某些魔鬼有派使者到人間來抓靈魂回去的習慣，阻止這件事本該是他們的職責，不過……換個角度想，被抓走的不過就是幾個人類的靈魂而已。

只要他們睜一隻眼閉一隻眼，假裝沒看見人類的祈禱與求救，人間就不會有衝突，沒有衝突就表示沒有公事要處理，這樣大家都開心。

要不是因為最近地獄的魔鬼實在和人類一樣越來越懶，這群討厭的黑瞳小鬼就和馬路上那些衝來衝去的外送員一樣大量增生，連帶讓人間呼喚上帝和天使的次數暴增，逼得他們不得不張開兩隻眼睛，最後還必須找利蘭幫忙……不然原本正在海邊喝雞尾酒的他們才不想管。

「可是打信徒、貪圖財富，還和男性有……交媾行為就算了，養魔鬼？這種事情不能被忍受。」

烏列皺眉，搖搖頭，當著魔鬼使者們的面從背後抽出一把燃著聖火的劍。

直到這時，那群被利蘭打到麻木的黑瞳小鬼們才開始懂得害怕，它們尖叫起來，但一切都為時已晚。

俐落地畫個十字下去，尖叫聲瞬間停止，公路上除了兩位天使繼續閒聊的交談聲之外，只剩火焰燃燒的聲音。

「我們其實可以自己處理這些傢伙，就不用受制於他了。」烏列收回他的劍。

「你是說我們必須開始工作嗎？辛勤走訪各地，降臨神蹟，好好應付每一個人類的訴求，斬妖除魔……」

迦南說著說著，兩位天使對看一眼，然後捧著肚子哈哈大笑兩聲。

辛勤工作這種事情只有魔鬼會幹。

擦掉笑出來的眼淚，烏列恢復一本正經說道：「可是豢養魔鬼這件事是最後的底線。」

「但他看起來很想養……」

「這不是他想不想的問題，不要和老大一樣寵壞那個小屁孩，放任他繼續下去，遲早會出大事。」烏列說：「要是被上面知道，我們可能會被怪罪，你想去地獄和路西法那種不長進的傢伙同居嗎？」

「唉，這年頭天使真難當。」迦南眼角垂淚。

「總之，什麼都可以，但養魔鬼不行。」烏列說，他看著個頭略矮的迦南說：「我們必須想辦法處理掉利蘭的那隻魔鬼。」

「好吧。」迦南妥協了，同時討價還價：「可是在我們想出辦法之前，我們可以先暫時按兵不動，然後多丟一點工作給他做吧？反正我們現在算是有了他的把柄……」

兩位天使互相交換眼神，撓撓下巴發現好像不是沒道理後收起翅膀。

天上的星星不再墜落，空曠公路上的熊熊烈火終於燒盡，只在地上留下許多黑色影子。

「先去附近的酒吧晃晃嗎？」

「當然。」

天使們上車，催油離開，好像公路上不曾發生過什麼大事一樣。

✧ ✦ ✧

托比亞斯從小到大沒被稱讚過幾次，被嘲笑的次數倒是數之不盡。

但是今天他被稱讚了，還是被他締約的第一個人類稱讚。

魔鬼不知道該怎麼形容那種快樂，那就像利蘭說要給他吃好料的同時，又丟了至少三十顆球出去要他撿回來一樣。

托比亞斯狂喜亂舞，無法停止搖尾巴。

可惜那股瘋狂的快樂一直無處宣洩，因為自從見到那群爛天使後，原本心情還算不錯的人類就一直顯得不太高興，回家的整路上都一直安靜無聲地在馬路上狂飆。

雖然在車上甩來甩去是滿好玩的，但托比亞斯並不喜歡不開心的利蘭。

都是那兩隻忽然出現的爛天使的緣故。

不過……到底為什麼天使會一直找上利蘭？

托比亞斯還沒搞懂。

沉浸在「世界上最棒的狗狗」的美譽中，人類在和天使談判時，他只顧著看人類的寬肩細腰和大腿，餓肚子讓他喪失了本來就不多的思考能力，他完全沒注意到他們都說了什麼。

看著利蘭冷漠的側臉，托比亞斯在沉默中清清嗓子，他應該問清楚。

「剛剛天使為什麼欺負你？」一到家，被丟在客廳的托比亞斯就急匆匆地跟在利蘭屁股後面問。

「欺負我？」逕自在酒櫃前倒酒的利蘭挑眉，看都沒看他一眼，卻發出冷冷的笑聲。「你說呢？」

不知道究竟是哪個點娛樂到他，人類的幽默感總是很怪。托比亞斯不解。

「因為你假扮成神父嗎？還是因為你的個性很ㄐ……」魔鬼的嘴被封住，契約不允許他說利蘭壞話。

利蘭瞪他一眼，喝著玻璃杯裡的酒水，脫下頸子上的羅馬領。

「笨死了你，只顧著流口水，肚子還叫這麼大聲。」

他不能說人類壞話，人類卻可以口無遮攔，這似乎不太公平。托比亞斯癟著嘴，委屈巴巴地皺著一張臉，不過在看到利蘭稍微放鬆臉部線條後，他又忍不住搖起尾巴。

「咳嗯，先不管原因，如果下次他們又欺負你，不用把我藏起來，你知道可以找誰幫忙的。」托比亞斯一手撐在桌上，一手撥弄著頭髮。

「你要幫我驅趕他們嗎？」利蘭露出像是在聽笑話的表情，很失禮。「你會被揍慘喔。」

對啦，他知道，他大概打不過兩隻天使，不過畢竟他現在身上肩負著終極 APEX 闇墮地獄犬和世界上最棒的狗狗的責任，他的人類被欺負他怎麼可以不挺身而出。

「我可以嚇跑巴風特，也可以嚇跑天使，再怎麼樣我乃是地獄裡雄壯偉大魔鬼。」外殼可能不是，但靈魂是。如果魔鬼有靈魂的話。

利蘭沒回應，只是一直發出討人厭的笑聲。但是有沒有真的這麼討人厭，問托比的尾巴，它可能沒這麼想。

「不要笑，我很認真，我知道被欺負是怎麼一回事，你不能單打獨鬥，他們有兩隻耶！他們可能會把你圍到角落，用力拉你的內褲然後還和老媽栽贓廚房裡的盤子是你打破的！」

托比亞斯在被壓著打這件事上是很有經驗的，他正打算分享他的經驗談說服人類，人類卻一臉同情地看著他。

他閉上嘴，準備解釋什麼，人類卻一口乾掉了玻璃杯裡的酒，叩一聲將玻璃杯放到桌上。

「好吧、好吧。」利蘭轉過身來面對他。

人類湊上來，托比亞斯抬頭看著對方，腳跟難以動彈。烈酒、菸味混著利蘭身上那股冷冷的獨特香氣滑進鼻腔裡，魔鬼的肺和腹部像是要燒起來一樣。

「但餓著肚子你連吉娃娃都嚇不跑。」

「可是吉娃娃都是神經……」

托比亞斯張著嘴說不出完整的話，人類解開袖扣捲著袖子的動作太讓他分心，他的呼吸變得急促起來。那股在腹部灼燒的熱度彷彿化成一灘暖水，一個不注意就從他的臀縫間流出。

魔鬼的腦袋發熱，頭頂上的空氣都因熱度而扭曲。

「托比想吃飯飯嗎？嗯？」利蘭加重鼻音說話。

托比亞斯要瘋掉了。

第十五章

再叫一次

熱汗沿著托比亞斯的額鬢流下，房間內的空氣隨著他身上的熱氣而擾動氤氳。

人類全身赤裸地站在他面前，寬肩蜂腰，體態和肌肉精實又勻稱，活像個偉大雕刻家的完美作品，只是大概從來沒有雕刻家會把雕像的下面雕得這麼⋯⋯呃，雄偉。

顧不得魔鬼本來就沒有的禮義廉恥，托比亞斯盯著挺立在人類胯間的東西。那東西又長又粗，泛著色情的顏色，表面細緻光滑，同時兼具乾淨與骯髒的特質。

魔鬼不停吞口水，視線難以抽離，坐立不安地夾著屁股。

托比亞斯身上還穿著衣服，T恤已經被汗水浸溼，內褲也早就溼黏成一片。他的尾巴豎立著不敢動彈，因為一動就能感受到內褲裡的黏膩。

「托比。」利蘭出聲。

「嗯？」托比亞斯的視線大概就停留在利蘭臉上零點一秒而已，然後很快又放回那根挺立的硬物上。

「坐下。」利蘭又出聲。

頻頻被打斷的托比亞斯開始心煩，但他還是立刻坐到床上，訓練有素。

坐好就可以了嗎？是不是可以了？托比亞斯的視線在利蘭的臉和性器上來回奔波，他的下腹又熱又飢渴，屁股已經迫不及待地蹭起床墊。

他盯著利蘭的胸膛、腹肌和腰線，只想把臉甩上去舔。

可是利蘭卻說：「把手揹在身後。」

「還不能嗎？你明明說可以吃飯了，你說的啊……」托比亞斯一臉委屈地該該叫著，卻還是乖乖地把雙手揹在身後。

沒有回覆魔鬼的抱怨，人類上前捧住他的臉，拇指又粗魯地插進魔鬼嘴裡，用指腹輾壓著他的舌頭。

「乖孩子，怎麼這麼棒？」

利蘭的稱讚讓托比亞斯的胃一陣翻騰，不只是肚子餓而已，他溼答答的內褲開始緊勒住他的胯下。難以吞嚥的他狼狽地流著口水，利蘭的手指很香，但那不是他要吃的東西。

他張嘴，輕輕啃著利蘭的拇指抗議，也不敢真的咬下去。

利蘭哼了兩聲，他的表情看上去很滿足。

奇怪的人類。

「好。」利蘭抽出手指，溼漉漉的指腹抹在托比亞斯燒紅的臉頰上，心情愉悅地對著他說：「我現在要操你的嘴，等一下把你的手手揹好，我沒說可以就不准動，明白嗎？」

利蘭的語氣很平淡，順滑地像在交代公事一樣，沒什麼起伏的聲調卻依然讓魔鬼下腹發癢。

托比亞斯剛張嘴，人類就一把掐住他的後頸將他的頭往前壓，動作不粗魯也不溫柔。粗長的巨物沉甸甸地壓在自己臉上，魔鬼熱汗直冒，口乾舌燥，連剛剛本來要說什麼都忘了。

人類的性器在他臉上發燙，托比亞斯吞吞口水，往上瞄了人類一眼。人類歪著腦袋，沉默地用拇指輕輕磨蹭他的後頸，那大概是同意的訊號……他大膽地伸出舌頭舔上去，舌面貼著柱身滑過。

利蘭沒有揍他，輕輕地壓低他的後頸，扶著那沉甸甸的器物順勢頂入他張開的嘴裡。情色的氣味竄進托比亞斯的口腔內直至喉頭，他有種前所未有的滿足感。

人類用雙手扶著他的腦袋，一邊挺動起腰桿來。

托比亞斯的嘴被塞滿，那根熱騰騰的性器直直抽插進他的嘴裡，直入喉頭。滿足感開始被窒息感取代，堅硬的龜頭抵住他的上顎，堵住他的喉頭。

沒有給他喘息的機會，利蘭搖晃著腰桿，粗長的性器在魔鬼嘴裡抽插。托比亞斯的唾沫在深紅色凶器上拉著絲，不斷滴落，但他無法吞嚥，根本也沒辦法克制。

當他想要停下好好呼吸，龜頭就會頂入他的喉頭，利蘭猛烈的抽插讓他連聲音都發不出來。

托比亞斯揹在身後的雙手拳頭緊握，要不是魔鬼不會死，他會認真考慮自己是否會死於進食。但因為魔鬼不會死，恣意在他嘴裡抽插的人類又時不時發出性感的低吟……

回過神來時，托比亞斯的腿間已經隆起一塊，內褲溼黏成一片。不單單只是因為肚子餓想進食而已，以進食為目的之外的另一種感覺在他下腹撓癢。

窒息和喉頭不斷被抽插的飽漲與疼痛讓托比亞斯的眼眶不知何時已經聚滿淚水，他用力眨掉淚水，瞅了眼上方的人類。

人類的頭髮亂了，瀏海落下幾綹，臉頰上泛著紅暈，俊美得如同天使，只是他正在做的事沒這麼純潔就是了。

利蘭的神情專注又愉快，注意到托比亞斯在看他，他扶著魔鬼腦袋的手指探進他汗溼的紅髮間，用拇指摩娑著他長不大的魔鬼角。利蘭在下一秒壓緊他的腦袋，抽插的力道和速度一下子加大。

托比亞斯的眼淚止不住，鼻水都要跟著流出來了，但最難受的還是完全得不到慰藉的下半身。

性器在嘴裡越發堅硬，到最後利蘭已經幾乎不從他嘴裡抽開，只是貼著他的臉將那根凶器不斷侵入他的喉頭。

伴隨著大量情色的氣味湧入卻遲遲無法吞嚥，淚水夾雜著汗水的托比亞斯滿臉狼狽，他夾緊雙腿，內褲底下疼得受不了，想伸手拉開利蘭稍微喘點氣，可是利蘭說不行。

握緊的雙拳關節都開始泛白，熱氣讓房裡花瓶中的水都沸騰起來。

利蘭深吸了口氣，他的手掌緊緊貼在托比亞斯後頸上。

「托比最棒了。」托比亞斯聽見人類輕喃。他的臉緊貼著人類的下腹，人類的肌膚散發著微微的熱度和好聞的氣味，讓他渾身發顫。

利蘭滾燙而硬挺的陰莖停留在托比亞斯口腔內，隨著他的低吟而抽動。托比亞斯可以從舌面清楚地感受到上面的筋脈紋路脹動，淫穢的氣味變得濃烈馥郁。下一秒，腥甜的液體灌入魔鬼口腔，一汨一汨地，滿得他臉頰都跟著鼓脹起來。

房間裡的花瓶鏗地一聲破裂開來，花朵糜爛，而裡頭的水已經燒乾。

那味道實在太香了。

淚流滿面的托比亞斯無可救藥地不停吞嚥，甜美的精液卻不斷從他嘴邊溢出，可惜到他都開始焦急起來。好不容易，利蘭將他沉甸甸的肉塊從他嘴裡抽出，那些精液卻隨著他的口水流洩而出，滴得到處都是。

托比亞斯吮著下唇，急忙用舌頭和手指捲著滿嘴外溢的殘餘精液，那氣味好吃到他忍不住舔起手指來。

「你好醜耶，吃得髒兮兮的。」利蘭站在床邊，隨手抓了床單抹他的臉。

「等、等等……」托比亞斯只覺得可惜，人類是不知道那些殘餘的精液就像留在杯蓋上的布丁一樣，是精華嗎？

托比亞斯剛想抗議，那個身上浮著一層粉嫩的紅色，心情看上去異常好的人類讓他閉上了嘴。

人類又在笑了，不常見的那種笑，會笑得讓他心裡像有螞蟻在爬的那種笑。

很奇怪。

但是感覺滿好的。

「別緊張，說過會餵飽你。」利蘭掐住他的臉，又是一陣揉捏，隨後他竟然張開嘴一口咬上魔鬼的嘴唇。

人類好大膽子，怎麼膽敢吃魔鬼的嘴唇。

想歸想，托比亞斯還是激動地湊上去，用嘴唇碰著人類的唇瓣，舔著人類的舌尖和上顎。

人類沒有推拒或是命令他停止，於是他更大膽地伸手勾住對方的肩膀和頸子，整隻魔鬼都要塞進人類懷裡。

哎喲，好吃，好吃死了。

托比亞斯迫不及待地把舌頭伸進人類嘴裡汲取甜美的津液，他扒在人類懷裡，就像塊融掉的巨型橡皮糖。

利蘭也不介意，反而主動掐住他的臉，咬他的嘴唇，用舌頭抵劃他的舌面，又吸吮他的舌尖。

魔鬼渾身發顫，都要分不清楚是誰在吃誰了。

人類嘴裡的津液黏膩地渡進魔鬼嘴裡，不久前還在嫌棄吃口水這件事的托比亞斯，現在卻像怎麼吃都吃不夠似的。

在利蘭扯住他的項圈將他向後拉開時，他還很不情願。他們的嘴唇發出啵的一聲，在室內發出十分響亮的聲音。

托比亞斯急著要再湊上去親吻利蘭，項圈卻被人類用手指緊緊扣著。盯著利蘭泛著鮮豔紅色的嘴唇，看得到卻吃不到的他可憐兮兮地皺起眉頭哀號，人類卻還在笑。

笑屁喔？

「等著……等著。」利蘭說。

「可是我不想等了！」說歸說，托比亞斯還是耐著性子等待，服從利蘭的指令似乎已經在他腦海裡根深蒂固。

利蘭看見他真的乖乖等著，又笑得雙眼彎彎。

托比亞斯開始覺得人類根本是在整他，可是當人類再度稱讚他：「乖孩子！」時，沒羞恥心的魔鬼一下子又搖起尾巴。

他坐在利蘭懷裡蹦跳，抓著對方再三確認：「還是最棒的地獄犬，對嗎？是吧？」

「是喔。」利蘭說，語氣誠懇到天上都要開始下紅雨了。

托比亞斯的尾巴一下子晃到不行，衝著人類笑。

看著魔鬼愚蠢的笑容，利蘭默不作聲地抓住對方晃動的尾巴根部拉直，空著的另一手同時滑進魔鬼的牛仔褲內。隔著薄薄的內褲布料，他的指間才剛滑入魔鬼的臀縫內，就被一陣溫暖淫潤浸漬。

「大概也是最會流口水的地獄犬。」利蘭歪頭評語。

這誰害的啊？

可以的話托比亞斯會提出質疑，但利蘭一手正緊緊抓著他的尾巴，另一手則有意無意地隔著已經淫透的內褲布料抽插他的臀縫。

「呃嗯……」托比亞斯的下體脹得發疼，被擠壓在牛仔褲內，可憐又無助。

利蘭不再欲擒故縱，他用手指撐開淫黏的布料，修長的中指直接滑進魔鬼的臀瓣內，逕自插入那正流著水的熱穴內。

人類的手指進入得是這麼絲滑順暢，一整根手指一下就被吞入。

「好吃嗎？」利蘭問，他淺淺地抽插著中指，魔鬼緊緊咬住，不斷收縮。

托比亞斯吸著下唇沒有答話，身上的衣服卻已經開始冒著焦氣，流出來的汗很快又被熱氣蒸散開來。

利蘭又加了一根手指進去，輕而易舉，人類依然淺淺地抽插著手指，明明隔著布料，那種細微的黏膩水聲卻可以清楚被聽見。

體內的手指讓托比亞斯腦袋發燙，他很努力在忍耐，因為人類說過無論如何都不准燒掉房子。只是當他的視線盯上利蘭抵在他胯間的粗長器物，他的腦袋還是忍不住冒起火光來。

人類卻在托比亞斯瀕臨崩潰前抽出手指，嘶溜的一聲，空虛感讓更多的熱液從魔鬼緊縮的肉穴中泛出。

托比亞斯倒抽口氣，嘴裡吐著氤氳熱氣，他已經無法忍耐，星火就要沿著髮根燃燒，直到利蘭一聲令下：「脫衣服。」

還沒等他反應，利蘭已經動手脫起自己的牛仔褲和內褲，托比亞斯急忙跟著脫掉自己的上衣，幾乎是邊脫邊燒。

他的內褲被扒下來時已經溼糊成一片，簡直像剛尿溼褲子一樣。不過托比亞斯來不及丟臉，他的小老弟終於得以解放，抬頭挺胸地昂著腦袋，興奮地擠壓在人類的性器上。

「可愛。」

利蘭像是在看著什麼精緻的迷你玩具似的，發出討人厭的笑聲，還伸出手指往魔鬼紅嫩的龜頭上輕輕一彈。

托比亞斯的背脊一陣發麻，他繃緊大腿，臀縫間的熱液沿著臀肉和大腿滴落在利蘭大腿上。

「它、它在地獄時才不是長這樣！」托比亞斯急忙為他的小兄弟辯駁：「你如果跟我一起下地獄的話，就會知道它有多麼雄壯威武。」

利蘭盯著托比亞斯和他很有精神的小兄弟上下打量，沒有否定魔鬼的說法，只是反問道：「那你覺得我下地獄會變成什麼樣？」

變成什麼樣？

托比亞斯想像著，理想中的地獄利蘭可能是個漂亮且比他弱小許多的無助靈魂，對他充滿敬畏與崇拜之心，但是現實中的地獄利蘭會是什麼模樣……光想像就汗毛直豎。

托比亞斯沒忘記利蘭的靈魂有多可怕多難吃，那靈魂到地獄去大概也是毀天滅地。

「你還是在人間待著就好。」托比亞斯反悔。

「好啊，只要你別吵著要回家。」

跟他有什麼關係？托比亞斯歪頭，沒能理解人類的意思。

利蘭也沒多做解釋，他笑瞇了眼，雙眼含光，看得托比亞斯口腔內的唾沫再度大量分泌。人類實在太喜歡在他吃飯的時候跟他聊天了，真是壞習慣，是想餓死他嗎？

「可以繼續吃了嗎？」托比亞斯焦急地往利蘭身上蹭。「我想親你。」

「好啊。」人類意外答應得很爽快。

第一時間托比亞斯還以為有詐，但是嘗試著湊過去後項圈並沒有被扣住。他親上去，幾乎是一口咬上人類的嘴唇，味道一樣很甜。

「嗯……嗯。」

托比亞斯吃得入迷，他輕輕擺動起腰桿，脹到發疼的小兄弟磨蹭起人類那大上一倍的性器。人類原本慵懶的性器開始變得沉甸甸的，反過來頂住他，接著散發出更多情色的腥甜氣味。

上面有好吃的，下面也有好吃的。空虛的後穴不斷收縮，托比亞斯有些忙不過來，他貪婪地想汲取更多美味。

「我要、我要……」張開嘴，托比亞斯坐不住了。

「好啊。」人類說：「可以。」

哦。

托比亞斯心花怒放，只是在他要動作前，人類已經不安分地起身，他則被放倒在床上，像塊熱鍋上的鬆餅一樣被翻過去，腰和臀一下子被提了起來。

魔鬼撅著屁股趴在床上，心跳咚咚地直跳，腦袋一片空白。利蘭覆到他身後，陰影隨之籠罩，像落日襲來的黑暗一樣，壓迫又窒息……好，這麼形容可能太誇張了，但托比亞斯確實興奮到差點窒息。

沒有繼續吊他胃口，利蘭掐著他的腰臀，滾燙堅硬的凶器在他一片溼糊邋遢的臀縫間滑了幾下，很快就抵上他貪婪地收合著乞求進入的穴口。

一切來得毫無預警，人類進入得又凶又猛，利蘭把自己埋入，迫使魔鬼吞下他整根粗長的性器。

「哈……啊嗯！」

托比亞斯張嘴吐了口氣，下腹猛烈的飽脹感讓他淚水一下子湧上眼眶。後面的利蘭發出一聲低吟，不大聲，可是撓得托比亞斯背脊直發顫。他的下身被滿滿撐開，卻還是不受控制地想絞緊體內的硬物。

「啊、啊……」

利蘭連動都還沒開始動，托比亞斯原本精神飽滿的小兄弟已經開始吐著水。

「耶穌基督！」

埋在枕頭和被褥中的托比亞斯被下身傳來的尖銳快感和疼痛逼得流出眼淚，他忍不住咒罵，身後的人類卻又莫名其妙被他逗笑。

笑聲伴隨著震動，體內凶猛的肉刃也開始抽插起來。

「再這麼叫我一次看看？」

利蘭俯身，把身上重量全部壓在托比亞斯身上。

已經不知道是第幾次進食了。

托比亞斯雙手緊抓枕頭，汗水打溼他的髮絲，蜷曲地掛在額際上。

體內明明快要燒起來，溫度高得連同血液都要蒸發掉，他卻依然像坨融化的蜜一樣，整個人溼黏又邋遢。

托比亞斯燒紅的半張臉都埋在枕頭裡，枕頭被他的汗水、淚水和口水給浸漬，溼了一大塊，不過他也管不了這麼多。

肚子開始有點撐了。

托比亞斯無法不去在意自己逐漸緊繃的下腹，可是注意力卻又很快地被室內那種滋溜的水聲和抽插聲轉移。

就好像肚子明明飽了，卻還是被桌上不斷端來的美食吸引。後穴在不斷被撐飽的狀態下變得溼熱鬆軟，原本還容納得很辛苦的部位現在已經能很輕鬆地接納凶猛的進入，即使再痠軟也依舊貪婪地在每次被撐開時纏住，彷彿不想讓對方離開一樣。

利蘭整個人緊貼在托比亞斯背上，沉甸甸的，讓魔鬼感到吃力，不過他還是好好支撐住了人類。

人類的皮膚溫熱滑膩地像是要沾黏在他身上一樣，雙手還緊緊扣著魔鬼的手腕往兩旁拉開，托比亞斯的姿勢就像是被釘在十字架上的耶穌一樣。

肉體碰撞的啪啪聲響不絕於耳，托比亞斯的臀肉被拍打得通紅，白煙直冒。他很努力不讓床跟屋子一起被燒掉，叫他不准燒房子的人類卻不斷在點火。

「唔嗯、唔……」

托比亞斯的聲音被悶在枕頭裡，水氣從他的眼眶溢出流下，倒不是因為疼痛或不適，而是因為那種源源不絕的飽足感和近乎尖銳的快感。每當他因為利蘭的速度要緩下來而稍微鬆懈，人類就會掐著他的後頸，用更猛的力道幹上來。

「哈啊！啊、啊啊！」

幾個過猛的撞擊讓托比亞斯渾身酥麻，他忍不住用腳背拍打起床被，已經射過幾次精，明顯露出疲態的小兄弟滴滴答答地吐著剩下的精液。

高潮讓魔鬼糊了滿臉淚水，這輩子沒這麼狼狽過。

可是沒給托比亞斯喘息的時間，利蘭在他背後發出低沉的鼻息，堅硬的龜頭和柱身直挺挺卡在他體內，不斷輾壓過他身體裡的歡愉點。

托比亞斯的下腹和大腿一瞬間痙攣，疲軟的性器已經射不出東西，可是高潮卻像電擊一樣刺激著他的下腹。

再也撐不住利蘭的重量，他一下子腿軟趴摔在床上，利蘭卻追了過來，將他往床墊裡幹。

托比亞斯整個人蹭在床墊上，彷彿快溺斃似的大口呼吸著。

利蘭用手掌搓揉他的後腦，在發出滿足的笑聲後低頭呻吟，用力律動著腰桿。

「再那樣叫我一次？」他命令。

托比亞斯頭昏眼花，他的後穴緊緊絞著體內的肉刃，幾乎是無意識地在回應。

「呃……耶穌、耶穌基……督啊！」

利蘭往他臉上親了一口，發出笑聲：「乖孩子，現在親我。」

托比亞斯費盡全力扭過頭去，命令他親吻的人類卻刻意別開臉，增加他達成命令的難度。

「嗚嗯，拜託……」托比亞斯可憐兮兮地求救，利蘭這才湊上來讓他親吻，還一口咬住他的嘴唇。

不只如此，人類用雙腿撐開他的膝蓋，把自己埋得更深。托比亞斯可以感受到體內的東西一跳一跳，很快，那股甜美的甘液又湧射進來。

肚子是真的撐了。

托比亞斯張大著嘴呼吸，飽得有點難受。他整隻魔鬼癱軟在床上，像灘泥水。人類壓在他身上，側臉和腦袋就這麼安詳地貼在他的後腦杓上。利蘭讓他們的手腳纏在一起，像團永遠無法解開的毛線。

「喜歡嗎？有吃飽嗎？」人類問。

好半天，托比亞斯一句話也答不上來。他很挑食，在地獄活了三百多年，今天第一次體會到什麼叫飽到撐死。

有點上癮，不過更上癮的好像不是飽死這件事。

即使沾滿了汗水和精液，人類聞起來還是香香的，而且反而帶了股更甜美情色的味道。雖然重得要命，不過被人類這麼抱著壓著，讓托比亞斯肚裡有種莫名的搔癢感。

可能是吃太多了，但……感覺不錯吧。

「托比。」利蘭又喊了一聲。

「喜歡……」回過神來的托比亞斯老實回答：「可是真的吃不下了。」

「我知道，但不是你一直吵著很餓的嗎？」

很餓也不能用填鴨子的方法這樣把他塞飽吧？他是地獄犬，又不是地獄鴨。

利蘭終於從托比亞斯身上起身，好不容易消停的性器從他體內滑出時，吞不下去的精液和淫水嘩啦一聲流出。

托比亞斯渾身一顫，被撐開的後穴一時難以闔上，他一方面飽到要吐，貪吃的天性又讓他可惜那些流出去的精液。

這次吃飽了，下次呢？

明天會有嗎？

下午茶和宵夜呢？

托比亞斯舔著嘴唇抹掉臉上的淚水，抬頭偷看從他身上離開的利蘭。原本以為有潔癖的人類會逕自跑去清洗，但他只是坐在他身邊，嘴裡銜著根菸。

注意到托比亞斯在看他，人類和魔鬼對上視線，笑露一排白牙。

托比亞斯的尾巴不爭氣地搖晃起來，利蘭的菸跟著被點著，人類笑得更開心了。

「我平常不喜歡被那樣叫，不過……你再叫一次看看？」

「什麼？」看著人類笑瞇瞇的眼睛，托比亞斯好半天才反應過來，說道：「耶穌基督？」

「嗯。」

利蘭沉吟，像是在思考自己到底喜不喜歡被這樣叫，最後他吐出一口白煙，臉上笑意不減。

「好吧。」

好什麼？人類喜歡被喊渾蛋嗎？

「你好奇怪。」托比亞斯說。契約難得沒讓他閉嘴。

「是嗎？」人類也不在意。

利蘭又抽了幾口菸，然後將菸捻熄，托比亞斯以為他這次要離開了，但他依然沒走開。

人類把他從床上翻過來，揉捏他的臉，湊上來又親了好幾下。利蘭接著把他抱進懷裡，拉上被子，像睡前抱著心愛玩偶的孩子一樣滿足地嘆了聲。

「先睡覺。」

燈跟著暗了，窗外甚至連月光都不見蹤影。

人類的呼吸一下子就變得平穩順滑，在托比亞斯耳邊輕輕作響。托比亞斯眨著眼，尾巴又晃了幾下後，眼皮也開始打起架來。

這一覺他睡得挺好的，只是途中他作了個奇怪的夢。

夢裡的利蘭像耶穌基督一樣站在十字架前，卻沒像受難的耶穌一樣被釘在上頭，他只是靠在上面，姿勢擺得像個百萬網美。

泰莎是個不錯的母親。

雖然有點情緒不穩、神經質，哭的時間比笑的時間多……但誰能怪她呢？畢竟不是每個人都有放學回家，身上還穿著天主教學校的制服，就忽然在浴室裡生下孩子的經驗，更何況她甚至連基礎的性經驗都沒有過，肉胎就在劇烈疼痛的狀況下滑出，能不崩潰嗎？

利蘭不知道他父親對處女到底有什麼情結，才想這樣折磨她們，但總之，他印象深刻——當他被降生在浴缸裡，和女孩相看兩瞪眼時，女孩臉上的表情有多麼驚恐，彷彿她降下的是撒旦之子一樣。

誤會一場，不過還是引起了讓人難以忍受的尖叫聲。

要不是當時受制於嬰兒軟趴趴的軀體，利蘭會想辦法坐起來，支著臉要女孩先冷靜一下，雖然他知道這根本是強人所難……不過若他能開口說話的話，或許多少能安撫女孩的情緒，畢竟安撫世人是他本來的工作。

然而他做不到，因為那時候的他只是嬰兒，更重要的是，他也不是那個莫名其妙生了孩子的人，他可能根本沒資格說什麼。

哭泣和尖叫持續著，直到泰莎的母親——那個他應該叫外婆的女人在聽到尖叫聲後衝了進來。

她看著滿腿是血的女兒，再看著滿身是血的他，震驚到什麼話也說不出來，只是六神無主地拿毛巾包住他，然後丟下在浴缸裡哭泣著喊媽媽的女兒，抱著他離開浴室。

是的，雖然抱著他的動作很溫柔，然而和泰莎相比之下，泰莎的母親可能不是一個很好的母親。

利蘭是這麼認為的。

讓驚慌失措的女兒在忍受劇烈疼痛的情況下獨自清理自己，從浴缸裡爬出來換上乾淨的衣服，然後再失魂落魄地跑出來小心翼翼地喊著「媽媽」。

她卻只顧著哄他，彷彿女兒不存在一樣，直到她被她煩得受不了，才激動地猛搧女兒一巴掌，並指控她：「妳怎麼可以隨意丟棄祂給妳的禮物？」

順帶一提，這裡的禮物指的是她的貞操。

看到這麼 Dramatic 的一幕時，利蘭都要笑出來了。看來從前的世代人們很容易相信聖母瑪莉亞是處女生子，到如今的世代，虔誠的信徒們卻對此神蹟充滿懷疑。多幽默。

無論泰莎怎麼解釋，她母親都堅信她是因為愚蠢的青少年荷爾蒙而背信婚前守貞的信條，她的父親在回來之後更是勃然大怒。他們都認為女兒背著他們在外面和某個野小子亂搞弄大了肚子，卻不知道她的肚子是上面那位的傑作。

未婚懷孕對這個有著虔誠信仰的家庭來說實在太丟臉、不可饒恕，傳出去給鄰居、給教會知道了，他們這個家庭要怎麼帶著這個汙點活下去？

於是泰莎從學校被退學、從家庭被趕走了，連帶他也是。

別問利蘭為什麼會跟著被趕走，外婆不是很溫柔對待他嗎？他只能說雖然信徒們善於鼓吹孕育，堅信每個生命都是無辜的，卻不怎麼善於幫忙養育。

更何況他是個無辜的汙點。

逼不得已，年輕的泰莎身上揹著年幼的他、揹著婚前與男性苟且的罪名、揹著未婚生子的標籤，開始他們母子倆領著政府救濟金度日的苦日子。

受難要開始了，像他前身所經歷的那樣。

但就如他先前所提到的，泰莎是個不錯的母親，年輕的她用盡一切力氣確保他免於困苦、飢餓或貧窮。她可以不睡覺、可以兼三份工、可以上一秒流著淚，下一秒抹掉眼淚站在街頭攬客，就為了滿足他所有的需求。

天使們雖然在這期間來看過幾次，卻從未試圖伸出援手或降下神蹟，只要看到他還活著，那些怠忽職守的天使們就心滿意足。

過得好不好無所謂，過得不好當然是更讚一點，畢竟這樣才符合受難的程序。

而這一切都是為了什麼，為了讓他領略人性？那麼天上的那位這次的算計可能出了點差錯，因為接受苦難的並不是他。

等年紀再大一點，可以用他的軀殼說話時，利蘭問過泰莎為何甘願接受這些苦難。

泰莎是這麼說的：「受難是上帝的意旨。」

他問：「為什麼？」

難不成天上的傢伙是有什麼特殊癖好的虐待狂嗎？

泰莎又回答：「上帝的行事很神祕，但一定有祂的意義。」

真的有意義嗎？回想上次受難的日子，除了讓更多的人崇拜天上的傢伙之外，對他來說有任何意義嗎？

好像沒有。

即使知道再這樣跟利蘭說下去會沒完沒了，每次也都會一再陷入辯論的死循環內，泰莎還是會耐心地一遍又一遍回答他的問題，最後以「因為我愛你」做結尾。

有點敷衍，利蘭也不太明白天上的傢伙害她淪落到這種地步，她為什麼還能對祂虔誠信仰。

如果是自己，絕對會拋棄這樣的信仰。

他還曾經和她說過，他以後絕對不要過著像她一樣的生活。

泰莎也只是笑笑而已，然後繼續堅持自己的信仰。

多麼固執。

不過利蘭並不討厭這樣的泰莎，甚至可以說得上喜歡。

他不想過著和泰莎一樣的生活，卻挺謝謝她的。

就像他一再提過的，泰莎是個不錯的母親。她會盡量滿足他一切的需求，讓他免於受難，還會時常幫他買新衣服，稱讚他有多漂亮多乖巧。

利蘭該知足了，比起給天上那傢伙養育。

真要雞蛋裡挑骨頭的話，泰莎唯一沒能滿足過他的，大概就兩件事——死得太早和從來沒答應過讓他養隻小狗……

「呼！」

打呼聲強迫利蘭從黑暗中睜開眼來。

注視著天花板，在沒人注意的情況下，烏雲悄悄地在屋頂上聚集，直到他發現打呼聲來自身邊那個從地獄來的地獄犬托比亞斯。

他坐起身，轉頭看了身旁的魔鬼一眼。

托比直直躺在那裡，雙眼和嘴唇都微張，眼白翻在那裡看起來說有多蠢就有多蠢。他的肚皮圓滾滾的，看來昨晚真的吃得很飽。

烏雲散去，利蘭慵懶散漫地從抽屜裡拿了根菸出來叼著，也不點上。

他視線又放到睡死的托比亞斯身上，伸手粗魯地擼起對方的頭髮。

夢中的托比亞斯看起來很困擾，他扭動著身體想擺脫他的騷擾，卻只能被困在床上，徒勞無功地在原地扭動。

看著魔鬼皺起來的衰臉，利蘭笑露一排白森森的牙，菸只是叼著，不抽好像也沒關係。

屋頂轉眼出現彩虹。

就像他當年和泰莎說的一樣，他現在和她過著截然不同的生活，還養了隻狗。

利蘭不知道泰莎入土後去了天上還是地下，或是安然地待在土裡，但有機會再見面的話，他會告訴她，她是個很不錯的母親，現在他的生活基本上是她所給予的，而不是祂。

所以如果有人、有天使，或任何妖魔鬼怪對他現在的生活有意見，那麼——

「啊、啊！要死了要死了！」

托比誇張地哀號著，但他明明就只是多用了點力道抓他的腦袋而已。利蘭嘻嘻笑著，取下沒點燃的菸，掐著魔鬼的臉頰親上去。

「早安，狗狗，要吃早餐嗎？」

——休怪他當個不客氣的耶穌基督了。

◇◆◇

托比亞斯作了個奇怪的夢。

夢裡有個骨瘦如柴的女人站在街上攬客，但夜很深、風很冷，別說是尋芳客，街上連車都不多。

穿著短裙和高跟鞋的女人因為刺骨的寒風彆扭地換著姿勢，最後似乎是承受不了冷風，她終於決定離去。

夢裡的托比亞斯跟著女人一路回到她的家裡，那是個破舊的小公寓，不過尚能居住，還算溫暖。

女人小心翼翼地進入屋內，躡手躡腳，深怕吵醒什麼人似的。她進到浴室內，卸了妝還脫下頭上厚重的假髮，露出稀疏的真髮。

換上輕便的睡衣後她走出浴室，黑暗的客廳裡卻傳來一聲：回來啦？

女人和托比亞斯都跟著嚇了一跳，連忙打開燈來，卻見到一個黑髮的漂亮男孩像個成熟大人一樣坐在沙發上。

那陰冷從容的表情和眼睛底下那顆淚痣，托比亞斯怎麼看怎麼熟悉。

為什麼還沒睡覺？

女人問。

等妳啊。

男孩是這麼回答的，同時視線放到了托比亞斯臉上，彷彿這句話是在對他說。

女人放鬆情緒，她微笑著走上前抱住男孩，又說：你可以不用等我，你知道好好睡覺才能好好長大的。

男孩沉默了會兒，他回抱女人，視線卻還是放在托比亞斯身上。

妳也知道妳其實可以讓我承受更多苦難吧？這是我的職責。

男孩的話讓女人笑出聲來。

女人說：不，你是我的孩子，我怎麼捨得讓你被別人欺負。

男孩輕撫著女人所剩不多的頭髮，又說：妳寵壞我的話，等妳走了之後我怎麼辦？

女人依偎在男孩身上，像個虔誠的信仰者說：那個時候也許你就可以養隻聽話的小狗，訓練他讓你開心，保護你不受任何人欺負。

男孩也將腦袋依偎在女人肩上，然後看向托比亞斯，眼珠綠得像苦艾酒。

好喔。

男孩說，下一秒他咧嘴笑起來，忽然朝他伸出手，然後一把捏住他的腦袋……

「啊、啊！要死了要死了！」

托比亞斯從夢中清醒，在床上掙扎。
「早安，狗狗，要吃早餐嗎？」
孩子的臉一下子被利蘭的臉取代，眼珠依然綠得發亮。托比亞斯被掐住臉，眼睛才眨個幾下人類就吻上來，腰卡進他的雙腿間磨蹭。
沒料到鮮美的肉塊來得驚喜又倉促，托比亞斯花了幾秒的時間才反應過來。嘴唇和舌頭嚐到甜味之後，他扒著人類貪婪地對著人類的嘴吸吮上去，尾巴被壓在屁股底下搖晃。
「剛剛在作夢嗎？」利蘭抬起頭，啵地一聲拉開沾滿水光的嘴唇。他一臉慵懶地歪著腦袋，語帶好奇：「都作了什麼夢？」
托比亞斯舔著嘴唇，利蘭在他腿間喬起位置來，硬物抵上昨晚使用過度的地方，痠軟的後穴緊張地收縮著，托比亞斯心裡卻只想著：真的假的！一大早吃這麼好？
「站街的女人和一個長得很像你的孩子。」
托比亞斯照實說，利蘭的動作卻停頓下來。
「像我的孩子？」
「是啊。」見利蘭遲遲不動作，托比亞斯焦急地湊上屁股。「禿頭的女人和像惡靈一樣坐在破沙發上等她的孩子，跟你一樣有綠色的眼睛。」

好不容易吃到頂端，人類卻忽然掰開他的大腿往兩邊拉開，原本被吞進去的龜頭又滑了出去。

「有趣的夢。」利蘭做結論。

托比亞斯猛吞口水，根本聽不進利蘭在說什麼，他盯著頂在自己疲軟性器上的豔紅色巨物。老實說他已經很飽了，但地獄犬天性貪吃不是假，他們基本上跟金魚一樣。

他動手掰開他的臀肉，對人類做出邀請的動作，利蘭卻還悠哉地靠在他的膝頭上，柔軟的髮絲撓得他心癢癢。

「可能真的是我喔。」

「什麼啦？」

托比亞斯急得要死。

「不是已經把你抓回來了嗎？你怎麼連作夢都還夢到我，真的這麼想我喔？」利蘭又用那種高亢的娃娃音說話。

第一次，托比亞斯想揍對方的慾望大於想被幹的慾望……開玩笑啦，可能還是想被幹多一點。

「有沒有想？有沒……」

「想啦、想啦！」托比亞斯搞不懂人類到底想問這個問題幾次，但魔鬼願意為五寸屌折腰……「唔！」

利蘭很不客氣地折起魔鬼的腰，就在托比亞斯以為要被自己的下半身給壓死之前，人類又疊到他身上。在外面不停磨蹭的東西終於滑進去，甚至不需要等待他溼潤。

真的是要死了。

托比亞斯張嘴想該該叫，人類卻吻上來，連他上面的嘴也餵。

鬆軟疲乏的肉穴已經夾不緊體內的硬物，才被抽插了幾下而已就開始泌出熱液，更加方便人類凶惡地抽插。

床被晃得吱呀響，托比亞斯的腿緊緊扒在利蘭腰上不放，糾纏得正熱烈，利蘭放在床頭櫃上的手機卻不識相地響起。

利蘭的注意力被分散，托比亞斯正扼腕著早餐被打擾，人類卻只是伸長手把手機翻過面，接著繼續幹他。

「唔嗯！啊、哈啊！啊！」托比亞斯大聲呻吟起來。

不會吧，今天是什麼撒旦降生的好日子？彷彿沒有任何事情……像是天使或忽然闖進來的家人能夠打擾他的這場進食。

被再次塞飽前，先達到高潮的托比亞斯全身顫抖，他是不是往後都要開始走好運，然後真正地邁向他的地獄終極 APEX 之路了？

是吧？

沒什麼事情可以阻撓……

「唔！」

利蘭咬了口托比亞斯的舌頭喚回他的注意，托比亞斯盯著人類、人類漂亮的肌理和泛紅出汗的肌膚。他的身體被折成兩半，快要窒息，不過隨著人類達到性快感所灌進來的甜美，死亡好像也滿值得的。

反正魔鬼死不了。

◇◆◇

「那隻臭吉娃娃死定了！」

「帕絲蘿！不要在吉吉面前說吉娃娃臭！」

「怎麼會跟那個神父扯上關係？」

「什麼時候發生的事情？你們這兩個傢伙發現之後不會早點告訴我們嗎？哥哥怎麼當的！」

「別拿拖鞋打我們，我已經是獨立成熟的大魔鬼……啊！很痛、很痛！」

桃樂絲本來在抽屜裡睡得很好，但一聽到那種群體吵吵鬧鬧的聲音，而不是托比亞斯單獨一隻在那裡怨天怨地的聲音，她就知道不妙。

果然，沒幾秒後抽屜被粗魯地打開來，桃樂絲才剛張開眼，就看見七顆地獄犬狗頭圍成一圈（包含被性感寶貝加姆十四世抱在懷裡，眼睛脫窗還伸出半根舌頭的吉吉）齊刷刷看著自己。

桃樂絲沒有嘴無法尖叫，她只能瞪大眼。

「他什麼事都跟桃樂絲說，桃樂絲應該有記載到底是怎麼回事吧？」莫希流斯一邊叨唸著，一邊粗暴地翻開桃樂絲的外衣。

在桃樂絲得以隱藏大量內容之前，她的內在被粗暴地掀開，供所有魔鬼觀賞。

雖然按照內容來說，丟臉的可能是托比亞斯，但桃樂絲還是相當不高興。

她發誓，要是她還是人類時期的她，絕對會把這群地獄犬的皮剝開，做成標本——

就像她以前很擅長對男人做的那樣。

✧ ✦ ✧

桃樂絲的眼睛瞪得老大，瞳孔上下左右擺動。

托比亞斯瞇起眼來，仔細思考，小心作答。

妳在說妳想我？妳想我是嗎？

看著桃樂絲熱烈的眼神，托比亞斯做出結論，畢竟他是桃樂絲最貼心的朋友、死黨和家ㄖ……但桃樂絲隨後卻大翻他白眼。她不斷眨動眼皮，試圖繼續和托比亞斯比眼劃眼，溝通她真正想說的事情。

幾個字？第一個字是什麼？

有……有魔鬼？有魔鬼怎樣？

只可惜托比亞斯是出了名的蠢蛋，在家族裡玩比手劃腳更是從來沒猜中過任何一題。在桃樂絲瞪到眼睛都要脫窗前，啪一聲，有魔鬼將她的內頁強制翻開，而托比亞斯也從夢中驚醒。

「嗝！」

托比亞斯看著天花板，打了個大大的飽嗝。他吸著口水，不知道自己是什麼時候又睡著的，很可能是在利蘭塞完他早餐，把他抓進浴室洗澡之前。

「吃飽睡，睡飽吃，我是不是讓你日子過得太舒服了？」聲音從後面傳來，有手指在他腦袋上搓揉。

托比亞斯全身浸在浴缸熱水裡，身後還貼著人類暖暖的軀體當墊背，舒服得不得了，但他的臉隨後又被人類一把掐住，然後擠壓揉捏成愚蠢的形狀。

「呃呃……會痛、會痛。」

浴缸裡的水滾了起來，不過對利蘭似乎沒有太大影響。他鬆開手，往後靠在浴缸上，又發出討人厭的笑聲。

「小笨狗。」他從背後環抱上來，雙手像毒蛇一樣纏上托比亞斯，用手掌拍打著托比亞斯圓滾滾的肚皮。「剛剛又作了什麼夢？還是我嗎？」

「不是。」托比亞斯老實回答。

利蘭沉默，水瞬間變冷。

「那是誰？」

托比亞斯努力回想著自己的夢，那好像是個有點重要的夢，但他醒來之後卻想不起內容。

算了，夢而已嘛。

「不記得了，只記得之前那個禿頭女人和孩子的夢而已。」不知道為什麼，那夢特別清晰。

托比亞斯聳肩，不在意地打了個大呵欠後靠在利蘭身上。人類的身體像溫暖的床，躺起來很舒服，騎起來更是……

「女人不是禿頭，而是化療的關係。」利蘭任他躺著，大長腿纏在他腿上。

「你怎麼知道？」

利蘭沉默半晌後說道：「因為耶穌基督全知全能。」

人類的語氣裡甚至帶了點自傲，但托比亞斯卻皺眉困惑，還連連嘖了幾聲：「才不是，耶穌基督就是個渾蛋。」
「什麼？」
「你不知道嗎？耶穌基督這句話在地獄裡是人間的渾蛋的意思，所以我才覺得奇怪，你為什麼老喜歡被喊耶穌基督……」
喔，洗澡水怎麼忽然變得更冷了？
托比亞斯的手在水裡隨便攪了幾下，洗澡水一下子又變得滾燙起來。
「為什麼？」利蘭又問。人類今天問題很多。
「習俗吧？好像是因為那傢伙以前很自以為是，承擔太多惡人的罪孽什麼的，造成地獄有一陣子很缺工吧？」托比亞斯的地獄史讀得不夠好，但他依稀記得這些荒唐野史。「所以每當魔鬼們必須辛勤工作時，都一定會咒罵一聲耶穌基督！」
托比亞斯自顧自地講著，洗澡水不斷在冷與熱間反覆橫跳。
利蘭安靜了好一會兒，直到托比亞斯的注意力開始被落地窗外的飛鳥吸引。地獄犬們對任何在動的東西都很感興趣。
「就因為這樣？」利蘭輕哼，收緊環在魔鬼身上的手臂，將頭放到托比亞斯肩上，沉甸甸的。

托比亞斯真不明白為什麼利蘭外表看起來瘦瘦高高的，身體卻可以這麼沉重。

「你不懂，這樣會造成地獄很多困擾耶！還有某些人根本就該下地獄好不好？哪有只要信仰上帝就能洗清所有罪孽上天堂這種好事？」

托比亞斯學著老爸老媽們談論天堂和地獄政治時的嘴臉。

「而且上天堂真的是去天堂嗎？還不是被天上的那個傢伙叫去做苦工，只是穿得比較體面一點，一樣啦。」老爸老媽們是這麼說的。

「你的意思是上帝是個老混蛋嗎？」

「是……呃！」托比亞斯縮了一下，他忘記人間通常對天上的傢伙有多麼狂熱崇拜。「我是說……」

不過利蘭似乎沒這個問題，一直冷卻的洗澡水不僅乖乖保持溫熱，人類的手還撫摸上來，輕輕擼動他腿間疲軟的性器，手指偶爾抽插進他紅腫的後穴。

「這點我倒是同意。」利蘭的聲音古怪地變得愉悅起來。

托比亞斯盯著水裡，他的肚皮在蕩漾的水波裡看起來鼓脹，他是真的很飽了，飽到再吃下去可能會直接吐出來，但利蘭似乎也沒有要幹他的意思，他手上的動作像是親暱的愛撫動作。

魔鬼的心癢癢的，肚子裡有股欣悅隨著水波在晃動。

「那你覺得我是耶穌基督嗎？」

「嗯？你？」

托比亞斯想了想，居然忍不住笑出聲來。

「是的話我不是成了耶穌基督的地獄犬？」他甚至笑到流眼淚。

耶穌基督牽著魔鬼的畫面浮現在腦海裡，托比亞斯自己都覺得這個哏很地獄，他應該找一天回地獄去參加脫口秀大賽，說不定能贏得比賽，順便把那些主持人的靈魂當口香糖嚼掉。

「有什麼好笑的嗎？」利蘭卻不買帳。

嘖，沒幽默感的人類。

「耶穌基督沒你這麼雞……」掰。「狼……」心狗肺。「和冷……」酷無情。「也沒有你這麼漂亮吧？」

托比亞斯唯一能講完整的只有最後一句話，不過這回利蘭倒是很買帳。

「我確實是太漂亮了，當耶穌基督真可惜。」利蘭抱怨著：「被媽咪養出了這麼漂亮的臉和這麼棒的身材，就像她說的，要受苦受難太委屈了吧？」

說得好像真的自己是耶穌基督一樣，托比亞斯心想。他向後仰靠在利蘭身上，盯著天上，仔細一想，又再次被戳到笑點。

耶穌基督養地獄犬。

什麼跟什麼啊？

「當網美還比較適合吧？」利蘭還在抱怨他的，也不管托比亞斯聽或不聽。

「如果是真的，被老媽們知道大概會打死我，我可能會被罰洗碗三千年。」托比亞斯還在笑個不停。

「上帝和天使大概也會想要打死你喔。」利蘭隨口一句，逗得托比亞斯差點笑尿。

「不要說了……我快笑死。」

「但是不用擔心，我會保護好我的狗狗。」

人類把魔鬼纏進身體裡，像要把他們的血與肉融在一起似的。

托比亞斯正要接話，利蘭放在外頭的手機又開始響個不停，十分惱人。

「你不接啊？」托比亞斯問。

「不。」

利蘭靠著浴缸，態度愜意，外頭日光打在他身上，彷彿圍了一圈聖光似的，但更像網美光圈一點。他打了個響指，手機像被靜音一樣安靜下來。

「我現在只想跟我的狗狗躺著，上帝打來的也不接。」

托比亞斯傻呼呼地笑個不停，以為利蘭還在說笑話，完全不知道彼時地獄的那一端，桃樂絲正受盡屈辱地把所有祕密攤開在桌上，而自己的房間已經在老媽們三顆頭的盛怒之下燒了起來——

「快去把那個臭小子找回來！」

「看我們這次不打爆他的屁股！」

「他準備洗碗洗一輩子！」

七歲的傑米住在這棟大房子裡，不知道有多久了。

有點失去時間概念的他模模糊糊地只知道房子的裝潢已經被換過好幾次，家裡不斷有陌生人住進來又搬離，然後再住進來。

偶爾他的房間也會住進陌生的孩童，不過這些對他來說倒是沒有太大影響，反正這些人總是會很快離開。

而他則是日子一天一天過著，每天醒來，都在重複做那些差不多的事情……

首先，傑米會在半夜裡從床底下驚醒。

他有一陣子不睡床了，那是因為有時候他喝得醉醺醺的父親會在半夜裡衝進來，把他從床上抓起來毆打。

剛驚醒就被莫名其妙痛扁一頓的感覺很差，還容易傷得很重，所以他開始習慣性地躲在床底下或是衣櫃裡，避免在第一時間被父親抓到。

雖然這招很快就沒用了，父親總是會找到他，並且把他從床底下或衣櫃裡抓出來打，但至少能讓他有點心理準備和護住自己腦袋的空檔。

所以傑米開始睡床底下或衣櫃裡，正好把床讓給那些忽然住進來的陌生人們。

每天，傑米都會盡其所能地躲著，盡量不讓自已被任何人或自己的父親發現。但偶爾，那些堂而皇之住進來的陌生人們會發現他的存在，然後嚇得大聲尖叫。

雖然傑米知道這也不能怪那些陌生人，畢竟有誰在看到後腦杓開了大洞，還血流不停的小男孩時不會想放聲尖叫？

不過傑米還是不免地會有些生氣，除了後腦杓上的傷口一直好不了，還很痛之外，人們因此產生的尖叫聲還會引起父親的注意，這樣父親馬上就會知道他都躲在哪裡。

每晚，在尖叫聲過後，他那面目猙獰的父親就會拿著血淋淋的斧頭衝進房裡，一邊吼著：「這是我家！我的孩子！賤婊子不准妳帶走任何東西！」一邊殘忍暴虐地驅趕那些隨意住進他們家的陌生人。

如果陌生人們及時逃離，怒氣無處可發洩的父親會把他抓出來，邊罵他是娘娘腔，邊將他拖進客廳裡毆打洩氣。

每次他哭著要找母親，父親都會更加生氣，最後毫不留情地用斧頭敲在他後腦杓上。

這大概就是傷一直好不了的原因。

砰地一聲，他會失去意識一段時間，然後等張開眼睛後……哇啦！又是新的一天開始。

陌生人入住，陌生人離開。

他躲起來，他被父親抓出來，斧頭砍下來。

一成不變、了無新意……不，也不能說完全一成不變，漫長的日子中間也曾經來過幾位特殊的客人，他們身穿黑袍，手持聖經，帶著聖水與聖經前來講道。

每當這些人前來，傑米總抱持著一絲希望，期待他們能讓日子變得有所不同。藉由上帝之名，或許、或許有這麼一兩個人能讓他酗酒又殘暴的父親受到上帝溫柔的感化，最後蛻變成一個真正的父親。

傑米是這麼期待著的。

只可惜當這些神父以上帝名義來此，激昂憤慨地對著空氣灑出聖水後，傑米才意識到幾件事。

這世界上要嘛騙子很多，要嘛上帝根本不存在。

當一頓漫長的聖經朗誦，說之以情、曉之以理的長篇大論結束，父親總在聖水蒸發後又故態復萌。

房子裡依舊每晚都充斥著他的哭叫聲，或那些不怕死又住進來的住客們的尖叫聲。

或許日子就要這樣一成不變地過下去了。

擦乾臉上的血與淚，傑米依然認命地每天躲在床下、躲進衣櫃裡，在這偌大卻空間有限的大房子裡試圖把自己藏起來，不讓父親找到。

或許這樣下去，有一天他就能等到母親來接他……雖然大概是痴心妄想，不過還能怎麼辦呢？

「真的沒有辦法了。」

傑米張開眼。

哇啦，又是新的、重複的，令人生厭的一天開始。

只不過今天有點特別，在新的陌生人住進來之前，西裝筆挺，被人們稱為「房仲」的先生先帶著兩個男人進到屋子裡來。

「我們請過牧師、神父甚至是靈媒，都沒半點作用，住進來的客人還是來來去去，有些人甚至沒住滿一天。」房仲先生說著，一邊職業性地介紹著房子。

那兩個男人其中一個穿著黑色的西裝，頸子上繫著羅馬領，有張好看得不得了的臉，只可惜臭得像有人欠了他八百萬一樣。至於另一個，他穿著一件寫著「通往地獄的高速公路」棒球外套，有頭古怪的紅髮、一張有點倒楣的臉，正在不停嗅聞著他們的家。

年輕的神父和他奇怪的同伴是父親看到絕對會先咒罵一句「娘娘腔」，然後勃然大怒的類型。

「客人們都說晚上會在屋子裡看到有東西躲在衣櫃裡或床底下，有人還看到有個渾身血汗的男人拿著斧頭站在陰暗處。」房仲先生一臉緊張兮兮地說著。

年輕神父倒是一點都不在乎的模樣，他從懷裡掏出菸來銜在嘴裡，也不點燃，只是低頭看了站在身旁的紅髮男人一眼。

香菸忽然神奇地自燃起來，冒出紅色星火。

真神奇。

臉臭得像有人欠了他八百萬的神父還露出笑容，那笑容美得連花瓶裡枯萎很久的花都重新綻放。

「還有家庭住進來後受到影響，慈祥和藹的父親一夕之間變得殘暴，開始毆打妻子和孩子。」房仲先生繪聲繪影地說著。

「人間的男人到底有什麼病啊?你們知道毆打女性在地獄裡是不可能發生的吧?」紅髮男人彷彿地獄專家似的說著:「如果你在地獄裡毆打女性,那麼你的雞雞會被魔鬼們拉出來,用刀切成六百六十六個小方塊,然後拿去餵食地獄裡的吉娃娃們。」

房仲先生啞口無言,困擾地看了眼身旁的神父,神父沒說什麼,只是掛著戲謔的笑容,吞雲吐霧。

「你知道,地獄算是母系社會,所以……」紅髮男人講個不停,直到神父伸手摀住他的嘴,然後把他拽進懷裡,彷彿要壓扁他一樣。

親密到連房仲先生都忍不住清清喉嚨。

「總之,請您來是因為聽說您真的很厲害,希望您能住一晚,幫我們處理掉屋裡該處理的東西。」

喔,所以說又是試圖要感化父親的驅魔人。

傑米嘆息,躲在牆壁縫隙裡的他盯著幾乎黏在一起的神父和紅髮男人。父親最討厭這樣的人了。

他同情地看著他們,衷心希望他們能在父親發怒前早點離開這裡,否則他們很可能會……

神父的視線忽然晃過來，又綠又亮，就這麼短短一瞬間，傑米嚇得縮進了最角落。

不知道是不是錯覺……

「對、對，隨便啦。房間有打掃過吧？」

「呃，有的。」

「很好，如何匯款的部分去跟我的祕書談，明天早上就可以來取房子了，不過我先警告你，房子如果有損壞，事務所是不負賠償責任的。」

「請、請問是怎麼樣的損壞呢？」

「不知道，不在乎。」

神父不耐煩地翻起白眼，壓住房仲的頭就把人推出屋子外。待大門一關上，紅髮男人就蹭到神父身上去問：「冰箱裡的東西可以吃嗎？我可以吃嗎？」

「你怎麼還想吃東西，早上沒吃飽嗎？」

「那不一樣，垃圾食物是另一個胃。」

「貪吃的小笨狗。」

神父沒有阻止紅髮男人的磨蹭，還用手掐住對方的臉，低頭就咬上對方的嘴唇。

遮著臉，瞳孔地震的傑米沒看懂現在是怎麼回事。

神父和紅髮男像先前那些囔囔著不怕鬼的住客，粗魯又無禮地在他們家住下。只是這次的神父不像之前來過的那些老神父們，他沒有在第一時間鋪好潔白的布，攤開隨身攜帶的聖經，用顫巍巍的雙手拿出懷裡珍貴的聖水，然後準備大肆朗誦一番上帝的聖語。

傑米躲在客廳的沙發下，看著神父腳上那雙發亮的黑皮鞋在他們的客廳裡隨意走動，而他後方則亦步亦趨地跟著雙上頭有著火焰圖案的球鞋。

似乎不管神父走到哪裡，紅髮男就會跟到哪裡。

好奇怪啊。

就算紅髮男是神父的祭壇男孩，祭壇男孩會和自己的神父黏在一起，不停親吻嗎？親吻也不會是吻在嘴唇上吧？

傑米困惑地思索著。但與其說反感，倒不如說他更為這兩個陌生人感到擔心。不怕死的新住客，又是兩個這麼親密的男人，父親一定會非常生氣吧。他向來最討厭所謂「娘娘腔」的男人了，他總會用很難聽的字眼罵他們。

「壁爐，托比。」神父打了個響指，他走到沙發前坐下，就在傑米所躲藏的位置之上。

有一種沉甸甸的窒息感壓在上面。

壁爐在一瞬間燃起，傑米不知道紅髮的祭壇男孩是怎麼辦到的，他甚至連碰都沒有碰壁爐一下。

「今天要住這裡嗎？」

「對。」

「唔，但我比較喜歡家裡，他們冰箱裡什麼都沒有。」紅髮男邊抱怨邊走來，在同一個位置坐下，就在神父的雙腿間。「不能回家嗎？」

明明客廳裡有這麼多沙發可以坐……

「沒辦法，這是工作。」神父刻意用腳勾著紅髮男的腳，他們的腿纏在一起。

「我以為你不喜歡工作。」

「我是不喜歡。」

「那為什麼要工作？」

神父沉默幾秒，接下來的語氣裡挾帶著怨懟和讓人毛骨悚然的娃娃音。

「你以為是誰害的？」

紅髮男深深嘆息，沙發變得更沉，還吱吱作響，他大概正試圖在神父懷裡找出更舒適的位置。

「我明白。」紅髮男用同情的語氣說道：「人類的身體很麻煩對吧？又需要食物、又需要娛樂，不然就會死掉，又很怕死掉，所以只好辛苦工作。」

「你這什麼意思？」神父的聲音冷冽。

「你不是問是誰害的，不就是你自己害……啊！啊！很痛，屁股要裂開了啦！」

神父頂開紅髮男的雙腿，試圖把他的雙腿往兩旁撐開到極限。沙發一陣晃動，傑米看著兩人的雙腿糾纏，紅髮男的慘叫聲已經從哀號轉變成另一種奇怪的叫聲。

這樣下去不行。

頭頂上的沙發在搖晃，傑米看了眼窗外，天色已黑，這表示過不久他的父親就會從酒醉中帶著盛怒清醒，他很可能會舉著斧頭攻擊神父和紅髮男。

「小笨狗，你的屁股本來就是裂開的。」

「啊！痛……啊、嗯？你怎麼不繼續掐了？」

「你不是喊痛嗎？」

傑米搖搖頭，上面的人還不知災難臨頭，他有義務要提醒他們，於是他使出了老技倆——讓一顆骯髒破舊的棒球從沙發下滾出去——在這突兀安靜，只有奇怪滋滋水聲的時刻。

棒球滾出，還在地板上叩叩兩聲。

人們通常會出於好奇和恐懼而停止手上正在進行的事情，他們會撿起球，接著帶著困惑看向本該空無一人的沙發之下……

「球！」

「不！托比，回來！托……」

紅髮男立刻從沙發上跳下，飛奔著跑去撿球，跟狗一樣，而且只顧著撿球而已。他一路追著球到角落，也不管球是怎麼滾出來的。

神父從沙發上起身，整理起腰上的皮帶，天不知為何一下子昏暗下來，死氣沉沉的，連聲鳥鳴也沒有。

傑米只看得見神父的腳，神父一句話也沒說，往前走兩步後，面向沙發就駐足在壁爐前。

他可以感覺到神父面對著自己，卻遲遲沒有要彎下腰探查的意思，神父就只是站在那裡不動，彷彿他已經知道沙發下躲著什麼。

傑米吞了口口水，恐懼沒由來地從腳底湧上喉頭，這比每次知道父親要來抓他都還可怕。

他盯著神父發亮的黑皮鞋，深怕那雙黑皮鞋會朝他走來。

「球耶！是球，你要玩球嗎？」

好在紅髮男蹦蹦跳跳地跑了回來，不斷把球推給神父。

傑米趁機從沙發底下抽身，躲進窗簾後方。偌大的窗簾在冷風的吹拂下飄逸，這能夠讓他看起來更恐怖更神祕，只要他開始發出啜泣聲和哭叫聲，人們通常都能接收到警訊逃離。

「嗚、嗚……」配合著一明一滅的燈光，傑米發出小貓般的嗚噎聲。在父親來到之前，他絕對會想盡辦法讓無辜的人逃……

神父和紅髮男卻都沒有要鳥他的意思。

「好啊。」神父從三心二意，想給球又不想給球的紅髮男手裡搶走棒球，抬起大長腿後用力投擲手上的球。

「噢！」伴隨著傑米的慘叫聲，那顆球直接在打到他臉上後被彈出窗外。

「我的球！」紅髮男驚聲尖叫。

「不要撿，髒死了。」神父一把拎住紅髮男，將他箝制在懷裡，他那雙散發著詭譎綠光的瞳眸則死死盯著窗簾後方的傑米看。

傑米渾身一顫，久違的尿意都被逼出來了。他整個身體抵著牆，平常明明在家裡穿梭自如，這時卻動彈不得。

會被殺掉！

傑米心裡這麼想的同時，整個屋子的燈光倏地暗下，只剩下壁爐仍然轟烈地烤著帶綠光的火。樓上傳來沉重的腳步聲，老舊的木板發出吱呀聲響，還有鐵器敲打在水管上的聲音……

神父一臉不悅地往上看了一眼，紅髮男則垂著腦袋緬懷他的球球。

只有對這個聲音熟悉到不能再熟悉的傑米知道大事不妙，他那冷酷殘暴的父親醒來了。

而愚蠢的陌生人們……

呃……

「那只是一顆球而已，你讓我帶回去好不好？」

「不准！你已經有很多球了。」

還在閒話家常。

傑米實在看不下去，沒有其他辦法，他只能盡他所能地用古怪的聲音尖叫著竄出，所有門窗在瞬間被打開，而他則像陣幽暗的風颼過他們。

不過傑米沒有得到尖叫或怒吼，得到的只有一句：「你想再死一次是不是？臭小鬼。」

神父的聲音又輕又低，卻帶來了前所未有的恐懼。

傑米縮到角落，抱住自己，渾身發顫地盯著神父的背影。

「喔，討厭……」被神父抓在手裡的紅髮男看起來已經放棄追回那顆骯髒的棒球，不過他的肚子卻在這時咕嚕咕嚕地叫了起來。他轉頭又看向神父，出聲哀求：「我肚子餓了。」

神父才剛要說話，樓上又傳來巨大的聲響。

傑米明白，那是父親一間一間查房找他，用斧頭砍在門上、床上和衣櫃上的聲音。

很快地，父親就會一路找下樓來。

或許自己該放任這兩個愚蠢的陌生人找死，可是一想到父親會怎麼像折磨母親或自己一樣折磨他們，傑米最後還是決定再次給予警告。

快跑！爸爸要來了！

傑米哭喊著又像一陣風颳過，神父和紅髮男卻依然待在原地。沒有要聽從警告的意思，神父從容不迫地放下紅髮男，解開袖扣，挽起袖子，露出線條極佳的手臂，接著他折折手指，舒活筋骨。

「想填飽你的肚肚就先工作。」神父戳了戳紅髮男的肚子，隨後從懷裡掏了根菸出來。

還沒點，菸頭就又燃上了。

「你要我做什麼？」紅髮男不怕死地抱著神父問，忽然轉頭望了過來：「先處理那小鬼嗎？」

傑米一驚，原來他們一直都有注意到自己。

傑米盯著神父懷裡的紅髮男，衰臉的男人頭上忽然長出一對魔鬼角，他的耳朵像某種獸類，屁股上唐突出現的尾巴搖個不停。

紅髮男不是人類，卻也不像魔鬼，他窩在神父懷裡的模樣像隻囂張的吉娃娃。

「不，先別管它，去把所有門關上，不要讓樓上那個有機會跑掉。」神父吸了口菸，白霧瀰漫。

他抱著紅髮男的模樣就像囂張吉娃娃的貴婦主人。

如果你是神父，你就應該好好地打開你的聖經，潑灑聖水，然後以上帝之名驅逐妖魔鬼怪，不是嗎？

偌大的屋子裡，傑米的尖叫聲從樓下傳到樓上，從走廊的那一頭傳到這一頭。他在屋子裡狂奔。

叼著菸、挽起袖子的神父慢悠悠地走在後頭，他身上沒帶聖經也沒帶聖水，所以正一路物色好的武器。

球棒？

不，有點膩了。

火鉗？

嗯……可是灰塵實在太多。

神父從容地像逛大街一樣胡亂擺弄屋子裡的所有東西，卻沒找到合意的武器。

二樓陰暗的走廊深處，高大、穿著染著深色血跡白襯衫和鬆垮牛仔褲的身影在走廊的那端若隱若現。滿頭灰白亂髮，臉上蓄滿鬍碴，雙眼遍布紅色血絲的男人拖著沉重的步伐走來。

帶血的斧頭被高大的男人緊握在手上，拖著地發出金屬摩擦在地面的粗糙聲。

出軌的婊子、賤人、該死的臭崽子——

拖著斧頭的男人嘴裡叨叨絮絮地呢喃著令人不安的穢語，那也本該是傑米最害怕的聲音和對象。

傑米——該死的臭崽子——不准躲起來！

老子不會讓你和那個賤人離……

若是往常，在看到父親的身影後，他會像一陣風一樣避開，畏懼而安靜地找個地方躲起來，然而今天，當傑米看到父親，他只是持續尖叫著往他狂奔。

傑——

就像沒看到父親的存在一樣，傑米一路手刀衝過父親身邊，他父親甚至連斧頭都來不及舉起。

傑米一路滑壘滑進自己房裡，滑進床底下躲著，連房門都忘記關上。

舉著斧頭的惡靈站在原地，一時有些困惑。他看向躲在床下的傑米，又看向走廊深處的另一端。

窗簾飄動，走廊上的燈光明明滅滅，隨後一盞一盞地亮起，卻是血紅色的光芒。

男人又往前走動兩步，揮舞斧頭。

不，燈光沒像以前一樣隨著他的移動而變化。

老舊的樓梯發出吱呀聲響，有人從樓下走上來了。

滿身血腥味的男人第一時間聯想到了自己逃家的妻子，那個傷風敗俗的女人總是妄想著要回來搶奪僅剩的孩子。

自己明明在某次用斧頭教訓了她，將她埋在後花園裡，她卻還是有辦法爬出來，不斷勾引陌生人來找他的碴……想起來還是讓他憤怒異常。

男人緊握斧頭，壯碩肥胖的軀體向前邁步，而這時對方終於從樓下慢悠悠地踏到樓上。

「賤人、婊子、該死的通姦者——」男人揮舞斧頭，他的喉頭發出咕咕的古怪聲音，很可能和他脖子上那道好不了的傷口有關。

而他猙獰的傷口通常能嚇到這些闖入的陌生人。

不過這次闖入的傢伙不太一樣，燈光詭異地聚焦在他身上，他摘下嘴上的菸，用黑亮的皮鞋捻熄菸頭。

「你罵我什麼？」穿著一身黑，戴著羅馬領的俊美神父挑眉，面露不悅。

「賤人、婊子、該死的通姦——咕嚕、咕嚕。」

「來，你再罵一次看看。」

神父走來，燈光跟著移動，刺眼得像沙漠中的陽光。他身後嘴裡咬著球的紅髮男孩似乎一點也不在意眼前發生的事，只顧著玩他嘴裡的球。

男人脖子上的傷口湧著像痰一樣的黑色血液，還滾燙得像岩漿一樣，讓他連話都說不清楚。

惱羞成怒，男人重重踏地，揮舞斧頭砍向外來者。可是他的斧頭卻唐突地燃起亮綠色的火焰，燙得他拿不住。

哀號著丟下燃燒的斧頭，他扭曲著身體拍熄火焰並大聲怒罵：「賤人、婊子、該死的——」

這次的話也沒有說完。隨風而來的重擊啪一下揮在男人臉上，他鬆垮的臉皮都因此而拉伸變形。

像被卡車撞到一樣，他一個幾百磅的大男人被一巴掌打倒在地。

「來嘛，你再罵一次試試。」神父站在邊上，低頭看著他的時候尖頭皮鞋順勢踩到他的胯間，就像在捻熄菸蒂一樣輾壓著他的男性氣概。

神父的雙眼發著光，在陰影下綠得像一旁斧頭上燃燒的地獄業火。

咬著球的紅髮男湊過來，滿臉蠢樣地和神父一起低頭盯著他看，像在看熱鬧一樣。心有不甘，他在痛苦的折磨中用盡最後一絲一毫力氣辱罵他們。

「賤人！蠢蛋！」

「我才不蠢！」紅髮男孩嘴裡的球掉到他臉上，紅髮男孩誇張地倒抽了口氣，然後扒在神父背後告狀：「利蘭，愚蠢的人類說我蠢。」

神父沒有回應，任由背上的紅髮男孩抱怨，笑盈盈地盯著躺在地上的男人。腳才剛從他的胯間挪開，整個人又用膝蓋壓在他胸腔上。

男人很久沒有窒息的感覺了，他用斧頭傷害自己後，有好一陣子沒有痛覺出現，但神父卻像塊沉重的石頭一樣，壓得他胸口脹痛，連骨頭都發出斷裂的聲音。

神父扯起他的衣領，臉上依然帶笑，燈光由紅轉黃，像聖光一樣在他的頭上圍成光圈，然而神父的瞳眸卻像魔鬼、像最邪惡的東西。

「賤人！蠢蛋！你以為你在跟誰說話？」

神父一巴掌打下來，啪地一下，男人頭暈目眩。他這輩子都在賞女人巴掌，這是他第一次知道原來被賞巴掌是多麼羞辱人、多麼疼痛。

「你再說一次看看，嗯？再說一次？」

巴掌沒有停下，神父根本沒給他再說一次的機會，啪地一聲，重擊打在臉上，耳鳴還沒有結束，另外一記巴掌又下來了。

「罵人好玩嗎？揍女人和小孩好玩嗎？」

巴掌還沒結束，轉眼間又變成拳頭。原本斯斯文文的神父掄拳頭的模樣殘暴得像隻野獸，古怪的是他一拳打下來，在男人眼前炸開的不是昏黃的光，而是他過去毆打妻子和孩子的場景。

神父學著他毆打妻子孩子的動作揍他，維妙維肖，只是更加殘暴。

「喔，上帝……」

趁著神父梳理散落瀏海的空檔，男人顫抖地求助上帝。此時此刻，他虔誠信仰上帝，盼望上帝能赦免他的罪，赦免他現在這個莫名其妙的苦難。

「赦免你媽！」然而神父一個拳頭又下來，反覆地毆打他的臉。「赦免你媽年紀輕輕聽家裡的話嫁給你爸！赦免你媽生下你這沒用的酗酒廢物！」

神父將他往死裡打，但不知為何，他就是遲遲沒上天堂。

人間像地獄一樣。

臉已經變形的男人抬頭，被他罵是蠢蛋的紅髮男孩就蹲在他頭頂前方。男孩手裡抓著球，對原本狂熱的球似乎興趣不大了，視線直盯著神父看，屁股後面的尾巴在搖（尾巴？）。

「不，不要再打了……」男人終於哀求。

「你老婆小孩叫你不要打的時候你有停手嗎？沒有嘛。」所以神父也沒有停手。

男人哭了起來，神父也學他哭了起來，又假又冷酷：「嗚嗚嗚，別傷心啊，這不是很好玩嗎？你的男子氣概去哪裡了？」

拳頭瘋狂落下，男人只想停止這一切，但神父像發瘋似的把他當沙包揍，直到某種咕嚕聲響起。

神父停下動作，抬頭對蹲在前方的紅髮男孩說：「怎樣？托比，你在看什麼？你也覺得我需要去做心理諮商？」

紅髮男孩盯著神父，他張著嘴，欲言又止，還沒說話，口水噁心地滴了幾滴下來。

「我只是忽然覺得有點餓了。」紅髮男孩擦掉口水，直盯著神父，雙頰燒紅，咻咻咻地，真的有尾巴在後面搖。

神父沒說話，盯著紅髮男孩的他忽然勾起嘴角，眼角帶著愉悅。空氣之間有種古怪的黏膩，頭頂的燈又大又亮，透著點奇異的粉紅，讓人不舒服。

神父終於放過男人，從他身上起身。

「喔上帝、喔上帝……」

男人不斷向天上祈禱，這次就算他的妻子贏了，她不知道從哪裡找來這樣的怪物。就算他認輸，他只求上帝赦免……

「再等等，等一下就陪你玩。」神父的聲音變得甜膩溫柔，更加讓人毛骨悚然。

「你先把斧頭拿給我，托比。」

紅髮男孩很聽話，立刻飛奔去將燃著殘火的斧頭拾起，交給神父。

神父撥攏頭髮，手持斧頭，雙腿岔開站在男人身上。他擺動著斧頭揮舞，看上去挺滿意手裡的武器。

「現在我給你幾秒鐘的時間逃跑。」他對著男人說。

男人的慘叫聲傳遍整棟屋子。

他聲嘶力竭地哀號，瘸著斷了一邊的腿在走廊上奔逃。沒了往日的戾氣，笨重的男人哭得像個被欺負的小男孩，一路驚慌地逃進房間內。

男人試圖要躲進床下，無奈他的身形太大，而床底下早就有另一個人躲藏。

平常被他揍得很慘的小兔崽子躲在床下瑟瑟發抖，不過顯然這次並不是因為害怕他的到來，而是害怕著門外那個未知的事物。

「衣櫃！衣櫃！」男孩指著旁邊的衣櫥，要他的父親躲進去。

男人擦乾眼淚，脾氣又上來，兔崽子竟然敢對他指手畫腳？什麼時候他有膽……門的把手被轉動，外面有人開始敲響房間的門。砰！砰！砰！大聲得像是雷擊。

男人瞪著門，平常他應該是站在外頭敲門威嚇的人，怎麼今天全都亂了套？

「出來啊，你鎖門做什麼？不出來跟賤人和蠢蛋一起玩嗎？」外頭的人敲著門，發出溫柔同時卻又讓人膽顫的笑聲。

等不到房間裡的回應，敲門聲開始變得更大。門外的神父像發瘋似的，原本的敲門聲從笨重變得尖銳而清脆。

鋒利的刃面從門外穿破，神父竟殘暴地用斧頭劈開門板，隨後從被劈開的門板外將手伸進來打開被鎖上的門。

男人試圖要躲進衣櫃裡時已經太晚，門被一腳踢開，神父就岔著大長腿站在那裡，手裡把玩著斧頭。

「哦，怎麼辦？逃不掉了。」神父笑咧嘴。

男人癱軟在地上，只能眼睜睜地看著神父逼近。

◇ ◆ ◇

床底下，瑟縮的傑米看著父親被神父用斧頭一下又一下劈開成好多肉塊。即使被劈成了好多節，父親卻依然在哭泣哀號，沒有被上帝帶走的跡象。

傑米對父親的遭遇感到同情，他原先以為虔誠的父親會很快被上帝帶走，但或許根本沒有「信仰就能獲得原諒」這回事。

神父像在劈木材一樣，默不作聲地將肉塊劈成更小的肉塊。

傑米摀住嘴巴，盡量不發出聲音，深怕自己是下一個被劈成肉塊的對象，痛苦不堪的父親卻和他對上眼，從嘴裡不斷發出奇怪的呢喃，不知是在向他懺悔，還是想轉移神父的注意力。

下一秒，神父真的停止動作，他收手，站在原地不動，而父親則盯著床下的他，低聲喊道：「傑米……」並用眼神示意神父床下還有其他人在。

傑米對父親感到失望，但他沒有多久時間能傷心，他應該要想辦法逃跑，神父可能很快就會……

紅髮男忽然走來，一屁股坐在傑米的床上，興奮地上下搖晃，傑米可以感覺到頭頂上的劇烈晃動，不過這正好完美地將他掩藏起來。

「傑……」

「吵死了！」

神父一斧頭揮下，直接劈開傑米父親的腦袋，一次又一次，直到男人頭上插著斧頭，話再也說不完整。

「你把他劈成這樣，送進地獄裡會很難用。」在床上蹦跳的紅髮男說道。

「這會是我的問題嗎？」神父轉過身問。

「確實不是。」紅髮男說，他終於停下蹦跳的動作。

「那麼我會在乎嗎？」

看來是不會。

「你就幫我燒了吧，但斧頭可以留下。」神父從懷裡又掏出根香菸抿在嘴唇上，踩著裂開的頭將斧頭拔出。

「這樣地獄裡會有很多不能資源回收的垃圾耶。」

紅髮男抱怨的同時，父親那堆散開的肉塊開始熊熊燃燒起火焰，火焰呈現亮綠色，像神父眼眸裡暈染著的光。

神父跟著紅髮男一起坐到床上，兩人沉默地和床底下的傑米一起看著他的父親燃燒。

傑米看著父親逐漸消失在火焰裡，心情五味雜陳，不過不得不說，自己有種鬆了口氣的感覺。他眼前的四隻腳有意無意地碰在一起，明明是在看燃燒中的靈魂哀號，坐在床上的這兩個人卻像在看夕陽餘暉似的。

地獄業火燃燒出的熱度讓空氣中散發著一股怪異黏膩的氣味。

呃……所以現在是怎樣？

床底下的傑米忽然陷入一個非常尷尬的處境。

「如果我有能力把靈魂燒進地獄裡的話，是不是表示如果我燃燒自己，我也能直接回地獄？」紅髮男的腳沒一點矜持地碰在神父腿上，用腳板勾勾纏。

神父安靜了會兒，低聲問：「你想回家？」

「也不是，只是我忘了離開前房門有沒有鎖上，有沒有把桃樂絲藏好，畢竟我的家人們是一群不懂尊重魔鬼隱私的傢伙……」

「不行，我不是說過了你不能回家？」

房內的電燈一閃一閃，頗具威脅性，床鋪跟著搖晃起來，直到紅髮男用無所畏懼的聲音說道：「別擔心，人類你怕寂寞的話我就帶你一起回去，我可以把你塞在寵物袋裡偷渡回家。」

「寵物袋？」

神父的聲音更冷，紅髮男卻還在喋喋不休。

「不要緊張，我會找大一點的袋子，我知道你們人類要去地獄很緊張，但地獄是我的主場，你是我的人類，大哥我可以罩……」

房間內的燈泡一下子亮得刺眼，傑米真擔心紅髮男是下一個被業火焚燒的對象。

不過這事情沒有發生，話說個不停的紅髮男忽然閉上嘴，似乎是被人塞住了嘴巴，原本放在床邊的四隻腳全都收到床上去了，只剩晃動劇烈的床。

傑米可憐的小床吱呀吱呀地響，似乎隨時都會崩解。他衷心希望床上的兩個大人能夠成熟一點，不要像孩子一樣在他的床上蹦跳。

「你要罩我是嗎？托比，我的狗狗這麼棒喔？那是不是應該要給你點心吃？」

紅髮男沒有回答，只是發出奇怪的哀號聲。

床晃個不停，還有個奇怪的滋潤水聲傳來，在夜裡本該冷到骨子裡的地板今日卻異常溫暖。

傑米趴在那裡，有個說不上來的本能示警他應該要趁機離開。

「我很棒吧！是不是不能只給點心？」紅髮男又找回聲音。「我們工作完了，現在可以用正餐了，對吧？」

神父發出笑聲，愉快又嚇人。

傑米扭動著自己，準備乘隙逃跑，神父卻說：「是啊，不過工作還沒有結束。」

剛從床底探出頭的傑米被一把抓住腦袋，衣衫不整的神父把他拎了起來。

「要去哪啊，小鬼？」

「這個也要燒掉嗎？」紅髮男在一旁搭腔，他的頭髮凌亂，褲子不知道為什麼沒穿在屁股上，而是穿在腿上。

神父看著紅髮男，又看向他，笑咧一排白牙。

「你想被燒掉嗎？」

對利蘭來說，處理魔鬼會比處理那些逗留人間的白爛靈魂容易一些。

要把魔鬼送回去地獄很簡單，搥扁、拍成肉泥，把所有怒氣都發洩在魔鬼身上調劑身心後，魔鬼們通常會自己摸摸鼻子乖乖回地獄去。

除了某些真的很頑強，需要揍很久的魔鬼之外。

不過驅魔這事在養了隻地獄犬後也變得更容易……太頑強的就燒掉吧！簡單輕鬆。

逗留人間的靈魂就比較不一樣了。

「可以的話，我想上天堂。」

物品散落，到處都是斧頭砍痕的客廳裡，利蘭手中拎著的小鬼頭哭個不停，淚水像冰花。

和只能回地獄的魔鬼不同，人類的靈魂通常會肖想著要上天堂……或西方極樂世界，這個要看個人的信仰是什麼。

「天堂有什麼好玩的？」

利蘭大概是最不能理解這件事的人。和他那偽善的前身不同，利蘭通常傾向送人下地獄，那會比較快速便捷。

「呃……」小鬼頭答不出來，只給了個籠統的答案。「大家都說那邊好。」

「如果大家都說屎好吃，你也要吃嗎？」利蘭搖晃手上的靈魂，跟搖出氣包一樣。

小鬼頭被嚇到連眼淚都縮回去，只是哽咽個不停。

利蘭翻了個大白眼，深吸口氣。

雖然把所有靈魂都燒進地獄大概是最便捷的做法，但如果全都這樣做的話，上面的老傢伙可能會發現有什麼不對勁，然後對他投以不必要的關愛。

與其再聽那個老傢伙對他曉以大義，利蘭可能會選擇用針先刺破自己的耳膜，之後再一把火燒掉天堂作為報復。

但這些都還是小事……

除了不想聽廢話，利蘭現在還有個不想被關切的小原因，害他現在必須辛勤工作的小白痴原因。

利蘭掏出菸想抽，菸到了嘴上卻沒有自動被點燃，因為沒穿褲子的魔鬼被他命令待在房間裡等待。

「我只是、只是……想要追隨上帝。」小鬼頭說：「像你一樣。」

利蘭差點要把小鬼頭徒手掰成兩半。

「你是神父，不是嗎？」

「不，我看起來像嗎？比較像他媽的超級名模吧。」

小鬼頭不敢說話，被利蘭抓住腦袋控制著點頭，直到他高興為止。

「你叫什麼名字？」利蘭問。

「傑米。」

「那麼，爛米。」

「是傑……」

「爛米，你想去追隨上帝就去追隨吧。」利蘭說：「不過別怪我沒提醒你，你上去之後那老頭可能會剝掉你的衣服，在你背上插上小翅膀，讓你扮邱比特，每天在旁邊敲鑼打鼓……等你長大點之後，祂會再讓你成為祂軍隊的一員，讓你去為祂受苦受難。」

男人笑咧一排白牙，好像他多清楚上面會發生什麼事一樣。

「至少我可以見到媽媽吧？」傑米怯生生地說。

利蘭卻聳聳肩，一臉不以為然地說：「如果我是你，我會希望一輩子也不要在那裡看見她。」

「為什麼？」

「女孩們下地獄或許會比較快樂……」

利蘭將手上的傑米扔在地上，看都沒看，隨手就從架上抽了本書出來，厚厚一本，黑底配上鑲金的肅穆字體。他臉上帶著冷笑。

「至少地位更高。」

傑米嚇得往角落猛鑽，卻哪裡都鑽不出去。平常來去自如的屋子，現在像個牢籠一樣，和從四面八方冒出來的刺眼光芒一同將他圍困住。

眼看利蘭手裡捧著厚重的書走來，還以為那本書會直接敲在自己腦袋上的傑米嚇得靈魂都要直接被超渡。

然而利蘭只是隨地而坐，心不甘情不願地翻開那本厚重的書。他支著下巴，一張俊臉臭得要命，一邊翻找起他要的頁數。

稍微清了清嗓子後，他就著那本書低聲唸道：「老頭那裡有很多住所，如果沒有，我就不會在這裡浪費時間了。我曾經去過那個地方，所以我也能帶你們去那個地方。」

「什麼？」傑米一臉困惑。

一直沒有在認真做神父該做的工作的男人，終於第一次認真做起神父該做的事。

「我會帶你到生命的源泉，烈日和炎熱不會再傷害你，坐在寶座上的老頭會替你擦去眼淚……」利蘭緩慢地唸著書上的內容，偶爾表情嫌惡作嘔，頻頻大翻白眼，但他還是耐著性子繼續唸。

原本漆黑的窗外亮起白光，暖得像冬日裡的太陽。

縮在角落裡的傑米聽著，像在聽睡前故事一樣。

「你在唸聖經裡的內容嗎？」傑米問。

「還擦眼淚，噁心死了。」利蘭沒理他，逕自唸著他想唸的東西。

沒有得到回應，傑米趴在地板上繼續聽著利蘭冷淡嫌惡的聲音，意外地讓人安詳平靜。他想睡了。

◇◆◇

窗外的白光暗下，外頭又是一片漆黑，只多了幾聲動物的叫聲。

整間屋子很安靜，不再有斧頭揮舞，也沒有叫罵和哭喊聲。

利蘭單單只用食指將地上厚重的書本闔上，彷彿那是什麼令人厭惡的物品一樣。空氣裡散發的清香氣味讓他煩躁，於是他抓起地上的書本直接丟進燃燒著剩餘柴火的壁爐裡。

看著那本厚重的書逐漸燃燒起大火，他彷彿聽到遠處的天邊有笑聲，稱讚著他是祂最棒的孩子。

青筋在利蘭額際上冒出，可惜屋裡已經沒有可以發洩脾氣的對象。他將被放置在上衣口袋裡的菸再次往嘴裡放，這次菸卻意外地直接被點燃。

「你在燒什麼？好臭。」

原來是他養的小狗從房間裡溜出來了。

「燒些你碰到或吃下去會直接死掉的東西。」利蘭深深吸了口點燃的菸，額際上的青筋在消褪。「是說你吃洋蔥的話會死掉嗎？」他忽然想到。

「魔鬼又死不了。」頂多烙賽、僵直、昏迷一段時間，他們會復活的。「我們是地獄犬，又不是真的狗。」

托比亞斯從樓梯扶手上溜下來，在利蘭面前站定，尾巴輕輕搖晃。

「那個小鬼呢？你打扁了？還是直接撕掉成兩半了？」他好奇地四處嗅聞，沒聞到別的味道，利蘭身上倒是很香。

利蘭盯著抓住他猛嗅的托比亞斯，吐了口白菸後又問：「我在揍那個醜傢伙的時候，你會覺得我太激動了嗎？」

過於暴力、侵略性強、殘忍、情緒失控、毫無人性、嘖嘖嘖、需要心理醫生……這些是天使們老愛在他耳邊碎唸的批評。

神經病。甚至有些時候連魔鬼也會這麼評論。

「不會啊，滿好的。」托比亞斯卻說。

「什麼地方？」

「你知道你揍人的時候手臂、背和腰臀的線條會特別漂亮嗎？」托比亞斯也發出嘖嘖的聲音，盯著他的眼神像在看一塊肥美的肉骨頭，而不是一個情緒失控的孩子。

「就像隻很結實的杜賓犬、獵豹……」

托比亞斯一一列舉，比手劃腳。

「……綁繩醃漬的五花肉、剛烤好的小羊排佐胡蘿蔔。」

魔鬼還在講，唾沫在口腔裡充盈。

「閉嘴。」利蘭說，他伸手扯住托比亞斯的項圈。「你只要告訴我，所以我很漂亮嗎？」

「對，你很漂亮。」

魔鬼項圈上不能撒謊的契約依然存在，托比亞斯的那張蠢臉放光，看上去根本也已經放棄口是心非這件事。

利蘭的臉色輕盈起來。

似乎無論他再惡劣、醜態再多，他抓來的小狗都不會有任何批評與偏見，在狗狗眼裡他永遠美好，就像……

「就像刷了蜜的烤全豬、香腸……」

利蘭盯著托比亞斯，掐住對方的臉，拇指直接塞進對方嘴裡。托比亞斯被哽得差點嘔出口，但更大的東西塞進他喉嚨裡都沒事了，區區拇指怎麼會有事。

利蘭看了眼壁爐，聖經已經在火焰中焚毀。

「不是叫你在房間裡等嗎？」他問。

托比亞斯哼哼著要說什麼，利蘭不讓他說，手指往他喉頭深處插，逼得魔鬼雙頰漲紅。

「還有為什麼穿上褲子？脫掉。」他低聲命令。

是的。

利蘭揍鬼魂、魔鬼、人類或任何他看不順眼的東西時是滿恐怖的……但托比亞斯是隻魔鬼，喜歡暴君、血腥、十八禁以上的任何東西都天經地義。

再者，看看那繃在黑色西裝下的精美手臂線條、結實的大腿肌理。隨著靈魂的汁液四濺，人類身上也跟著散發出一股很誘人的暴戾之氣。

托比亞斯都忍不住放棄手上正在玩的球，直盯著人類流口水。

「我在揍那個醜傢伙的時候，你會覺得我太激動了嗎？」

所以當利蘭再三確認自己當時有沒有失態時，托比亞斯只感到同情，這麼囂張的人類在這種小事上未免太沒自信了吧？

要不是雙手可能會被砍掉，他大概會抓著利蘭的肩膀搖晃，讓人類好好看看自己有多漂亮、有多麼膚淺地集結了所有主流審美觀的優點。

托比亞斯不知道該怎麼讓人類明白這點，所以他只是盡其所能地，用上所有他一時能想到的形容詞來形容人類在他心裡有多美，就像是一根漂亮的香腸、又大又長的漂亮香腸……

但就在他盯著利蘭腰部以下要發表心得時，人類又掐住他的臉，隨便就把手指插進他嘴裡。

人類垂下眼眸盯著他看，眼瞳色澤像苦艾酒，時而清澈時而混濁，手指嚐起來則辣辣的，很刺激，不知道剛剛摸過什麼。

「不是叫你在房間裡等嗎？」

大概是他的稱讚起作用了，雖然利蘭依舊沒笑，但臉部的線條肉眼可見地放鬆許多。人類抿著唇，指腹蹭著他的舌面滑向舌根，表情就像專注在玩玩具的孩子，沒這麼不開心了。

托比亞斯覺得自己真棒。

人類太依賴他，沒有他就不開心，是不是這樣？

托比亞斯想揶揄人類幾句，利蘭抵在他舌根上的拇指卻持續往喉頭探，輕輕抽插。喉頭被哽住，輕微的窒息感讓水花猛從魔鬼的眼角冒出。

他一張臉燒紅，反射性地抓住利蘭的手臂想掙脫，利蘭的另一手卻壓在他的後頸上。

「褲子脫掉。」利蘭命令，拇指死死壓著他的舌根，臉跟著湊了上來。還未燃盡的菸蒂掉在地上，但人類身上依舊冒著辛辣的香氣，他的鼻尖輕輕頂著托比亞斯的鼻尖，但就是不肯親他一下。

托比亞斯的唾液不斷往外冒，淹滿口腔。他聽話地脫下褲子，下體不知道什麼時候已經支起帳篷，很不爭氣地挺立著。

「嗯嗯嗯！」踢掉褲子，吸著口水的托比亞斯又拉住利蘭的手要說話。

利蘭沒有理他，拇指在他口腔裡滑動，從舌面、口腔，再到齒列。他用手指輕輕頂著他的犬齒，又把他的臉揉成很醜的模樣，才露出滿意的笑容，好心放過他。

手指終於從嘴裡抽出，托比亞斯的口水流了滿臉，他氣喘吁吁地看著利蘭想抱怨什麼，可是人類的表情看起來是這麼愉快。

更何況他也不是真的不喜歡這種窒息PLAY啦……

熱汗打溼了托比亞斯的瀏海，除了汗水之外，他也可以感覺到臀縫之間開始流淌出一汩汩熱液，溼潤地沾黏上底褲的布料。

餓了。

托比亞斯盯著利蘭，嘴饞得要命。他踮起腳來，嘟著嘴湊上臉，急切地尋求一些甜頭先嚐嚐，利蘭卻別開臉，故意鬧著他玩。

他發出不滿的咕噥，反而逗得人類更開心。

虐待狂，他的人類是個虐待狂。

可惡……

有點喜歡。

托比亞斯克制不住自己，他是魔鬼啊，又不是那些喜歡香草純愛的天使。

「看起來好像不只是餓了而已。」利蘭低頭看著托比亞斯搭起的帳篷，手掌很不客氣地伸進他的內褲裡撫過他昂首挺立的小兄弟。

托比亞斯呆站在原地，一臉衝擊，畢竟利蘭很少管他這裡。每次他也不過是為了進食順便發洩而已，性從來不是重點，吃飯比較重要。

「等等！」托比亞斯抓住利蘭的手，但人類沒有聽話。

利蘭整個身體湊上來，幾乎貼在托比亞斯身上，沉甸甸地壓著，像之前一樣。他一隻手握著托比亞斯的小兄弟擼動，另一隻手探向魔鬼的臀部。

托比亞斯的臀肉被掐緊揉捏，四角褲馬上溼了一片。

「貪吃的小狗。」利蘭的下巴靠在托比亞斯肩膀上，說話聲音很放鬆，鬆得托比亞斯頸子和背直打顫。

揉捏著他臀肉的手指很快卡進他的臀縫間，指尖毫不費力地探進他已經一片黏糊的肉穴內。

「啊嗯！」

托比亞斯腳尖一踮，前面後面都被利蘭牢牢卡死。他的尾巴直直豎立，搖都不敢搖一下，他怕他一晃就忍不住。

「這是怎樣？不要一直抓著啦！」

「你不喜歡嗎？」利蘭用臉蹭著托比亞斯的臉側。

魔鬼往後退，又往前挪，手足無措，可是他的身體明顯很喜歡。被利蘭握在手裡的性器開始滴滴答答地流著液體，而他甚至連根手指都沒動一下。

「也不是，只是……為什麼？」托比亞斯以為他們單純是要「進食」，但現在比起進食，他們更像是在……呃，單純在做愛？

也不是沒和利蘭做過更下流的事情，只是這個不是單純在「進食」的想法讓托比亞斯忽然整個身體都燒烘烘的，白煙還冒個不停。

「所以喜歡嗎？」利蘭又問。

滿喜歡的。

像有東西在心裡蹦、在肚子裡蹦。

不過這是怎樣？

「嗚……啊、啊！」

利蘭不過是緩緩套弄了幾下，托比亞斯被逼得連連點頭。暖熱的液體不斷從被擴張的後穴中流出，濺溼了利蘭的手指。

「唔……不是要吃飯嗎？」托比亞斯的額頭抵在利蘭肩膀上，如果人類再不停下動作，他就要射出來了。

很快、很丟臉，他知道，但這能怪他嗎？人類這麼香！

「要喔，不過我想先給乖狗狗吃些甜頭。」

「不行了……真的要射了。」

熱汗和紅暈布滿整臉，托比亞斯把臉埋在利蘭懷裡咕噥，他的後穴控制不住地收縮著，絞緊利蘭的手指。就在他下腹痙攣，高潮即將滿溢之際，利蘭卻停下動作，指腹還死死抵在他流著淫水的溝壑上。

「啊……啊啊，放、放……」托比亞斯抬起頭來，抓著利蘭求救。

人類臉上帶著笑意，垂眸盯著一臉狼狽的他，睫毛看起來這麼濃密又這麼長，壁爐裡昏黃的火光還在他頭上繞出一圈奇怪的光暈。

「好，先親我一下。」利蘭說。

這又是什麼要求？

人類大概很喜歡親親，不知道，托比亞斯也無暇去探究原因。他湊上臉，人類卻又開始故意閃躲，臉上的笑帶著惡意……好看死了。

托比亞斯發出惱怒咕噥，最後乾脆大膽地伸爪固定住對方的腦袋，踮腳一口親上。這個親吻拙劣到不行，像在舔肉泥的小狗，不過還是成功逗笑了利蘭。

「乖孩子。」他把話說進魔鬼嘴裡，手裡握著那硬邦邦的可憐小傢伙開始套弄。

「唔、唔……唔！」

沒幾下托比亞斯的大腿就開始顫抖不停，內褲也正式報廢。利蘭的手指被柔軟的肉穴緊緊絞住，他抽出手指時還發出了淫糜的滋溜水聲，熱液牽連在他指尖。

利蘭盯著懷裡拱著腰的托比亞斯，他擁著他，像擁著心愛的小狗。

內褲布料被滴落的熱液浸溼，托比亞斯緊緊夾住腿也沒辦法阻止慾望橫流。

魔鬼軟著腰，上半身黏在利蘭身上，像塊融化的橡皮糖。他身上冒著誇張的熱氣，兩根尖角黑黑亮亮地從髮梢裡隱約探出。

兩頰燒紅的他舔著嘴唇，忍不住喃喃了句：「耶穌基督……」

「嗯？」人類回應。

「不，不是在叫你啦。」托比亞斯不解，人類明明腦袋這麼好，怎麼一直沒能搞懂這句話代表的意思。他抓著人類的臂膀好不容易挺起身來。「你這樣在地獄會被魔鬼笑的。」

托比亞斯很嚴肅，利蘭卻一副不以為然的模樣，任由他抓著然後笑笑。難以理解。

高潮的餘韻還在，托比亞斯漫不經心地將臉抹在利蘭的西裝上，汗水和眼裡被擠出來的淚水全抹上去。

要是以前他這麼做，人類一定會痛扁他一頓，不過最近托比亞斯發現利蘭對他的底線在後退，所以某些時候他會找死般試探看看這條底線能跨到什麼地步。

「托比……」

「啊！」托比亞斯縮成球，以為自己要挨揍了。

可是利蘭卻只是低著頭問他：「好玩嗎？」

什麼好不好玩？被玩ㄐㄐ這件事嗎？說不好玩的話下次就不是玩ㄐㄐ，而是結紮ㄐㄐ了吧？

「滿、滿好玩的。」

「是喔，跟其他魔鬼還是人類玩過？」

「沒有，跟他們玩過而已。」托比亞斯一臉屈辱地摩擦著左手右手。

「好。」利蘭勾起兩邊嘴角，沒有多說什麼。他掐著托比亞斯的後頸，將魔鬼從身上拉開。

托比亞斯一臉不解地看著臉上帶著笑意的人類，都不知道自己是做了什麼，讓人類感到愉悅。利蘭捧著他的臉，低頭一口親上他的嘴。

獎勵來得太快，托比亞斯都不知道要做何反應了。他的嘴唇和舌頭被吸住，利蘭沒有客氣，舌尖滑過他的舌根，一路頂住他的上顎。

人類的嘴唇和舌頭很香很甜，色氣像蜜一樣灌進他嘴裡。

「唔哼哼！」托比亞斯踮起腳，把臉湊得更靠近，可以的話他很想把人類整個吃掉，只可惜人類大概不會讓他輕易得逞。

利蘭一把扯住他後腦杓上的紅髮，將他拉開，托比亞斯氣喘吁吁地舔著嘴唇，眼裡都在放光。他試圖對利蘭露出當他向老爸要零用錢時所露出的小狗眼神，但人類卻說：
「現在去沙發上等著。」
「等？我們還要等什麼？」
「去。」利蘭重申。
托比亞斯豈敢不服從命令，幾乎是在下一秒就整隻魔鬼乖乖地坐到沙發上去，就差沒土下座了。
「脫掉你的內褲，然後玩給我看看。」利蘭優雅緩慢地邊脫著西裝外套邊說。
「蛤？現在？」又玩？「我自己？」
「對。」
利蘭沒有停下動作，托比亞斯看人類愜意地解開袖扣抽皮帶，彷彿下一秒那皮帶就會抽在他屁股上一樣，咻地一聲，俐落凶狠。
重重地吞了口唾沫，托比亞斯也不知道自己究竟是想被抽屁股，還是不想被抽屁股，只是服從已經成了他對利蘭命令的一種反射動作。
托比亞斯扒掉自己狼狽的內褲，大腿內側已經黏糊成一片。頭上的空氣因為熱氣而扭曲，他握住自己逐漸復甦的小兄弟，視線又往利蘭臉上覷了幾眼。

人類只是盯著他，等待他的下一步動作。

托比亞斯遲疑了一下。「快啊。」直到人類催促他，他才張開腿套弄起來，另一手則是滑進臀縫間，學著利蘭每次的動作。

也不是沒在家做過這種事，但面前的不是正在電腦裡演講 DEAD TALK 的撒旦，而是靜默不語地盯著他看的利蘭，怎麼樣都覺得有些怪不好意思。

不過同時……

「嗯，看來真的很好玩。」利蘭說。

托比亞斯手裡的性器一改委靡疲憊的狀態，又再度打起精神來，弄得他滿手黏膩。利蘭衣服脫到一半很不敬業地又不脫了，他雙手插在口袋裡，忽然伸腿。

還以為對方要踩自己的托比亞斯緊張了兩下，手指被自己的身體絞緊。

然而利蘭只是用他那雙黑亮的皮鞋輕輕踢開他的雙腿。

托比亞斯鬆了口氣，也不知道是安心還是失望，畢竟那雙鞋踩上來痛歸痛，可能也是滿辣的……

「托比。」利蘭的聲音喚回魔鬼的注意力。

托比亞斯抬頭，利蘭就籠罩在上方，像之前的任何時候一樣，只是人類的態度一次比一次都還要愉悅。他聽見褲頭被解開、拉鍊被絲滑地拉下的聲音。

放在體內的手指再次被自己咬緊，托比亞斯盯著利蘭的下身，人類看上去姿態很從容，但原來藏在牛仔褲下方的巨物早就很有侵略性地鼓脹起來。

就算是魔鬼，每次在看到人類身下那如毒蛇般凶猛的性器時還是很震撼。

「那麼，該我盡興了吧？」利蘭脫掉襯衫和褲子，肌理精實得猶如上帝鍛造般。

也確實是上帝親手鍛造。

利蘭的皮帶依然握在手上，因為看來他的小狗對他的皮帶非常有「性」趣，他也不介意把他的小狗綁起來，好好捉弄一頓。

「現在，張開你的大腿。」

✧ ✦ ✧

亞契手裡拿著咖啡，大杯熱拿鐵不加糖，一邊哼著歌一邊往事務所的方向前進，就像往常一樣……但又有那麼一點不太一樣。

比如說，今天的天氣很怪，不是大太陽也不是陰雨連綿，而是兩者都有。天上的太陽呈現一種不自然的紅色，氣溫時而燠熱、時而陰冷，雨則是綿延地下著，聞起來還有股酸味。

除此之外，街道上好像也特別熱鬧。

狗群不知道為什麼叫了一整個早上，所有被主人牽出來散步的狗狗們都不約而同地對天空嚎叫著，發出牠們畢生最響亮的叫聲。

救護車和消防車的警笛聲四處響起，街上到處都有人跑來跑去，非常忙碌。

不知道的人還以為有大群魔鬼從地獄裡爬出來了……

亞契靈活地閃開胡亂又匆忙地跑向某處的人們，從容地喝了口咖啡。

除了幾個不知道為什麼光裸著身體正在做猥褻動作的人之外，他猜這群人今天都遲到了，正準備趕上班，而這就是為什麼他平常總提早三十分鐘出門的緣故，才不會像他們一樣狼狽。

上班族真是辛苦。

看著警察從警車下來飛撲那些裸體的瘋狂人們，亞契用手指扶正眼鏡，做出結論。

他老闆就沒有這種上班遲到的問題，總是愛去哪就去哪，大部分時間都不在辦公室。他老闆的新寵物……或者該說新員工也是，每天上班不外乎就是吃和睡、盯著窗外的車看或是去玩放在辦公室裡的醜娃娃，其他時間都跟著老闆晃，或是在辦公室裡不知道做什麼。

如果哪天有志氣點，他能當老闆，他也想像他老闆這樣……只是他可能會選擇養隻不吵不鬧不煩人的貓，而且是真正的貓。

不過在這之前，他還是做好他的工作就好。

亞契哼著歌，繼續往辦公室的方向前進。

不過說到老闆和寵物——這兩個人昨天一起出差去了，按照以往的經驗，今天八成也會遲進辦公室。

亞契滿好奇這兩個人平常出差到底都在做些什麼，才會每次都收到一堆客戶的抱怨和申訴信？吸著他手上的拿鐵，亞契想了想，最後搖搖頭。

算了，他實在沒有很想知道。

再次閃過尖叫著跑走的混亂人群，亞契只希望今天一切順利，老闆能在任何奧客出現時準時現身，替他嚇走所有麻煩的客人。

亞契甩著手上的辦公室鑰匙，愉快地吹著口哨。

這時的他還不知道長著魔鬼角的奧客們已經在辦公室門前等待，並且正趴在窗台對外頭經過的消防車嚎叫。

至於老闆和老闆的寵物——

「當個乖狗狗，吃進去，不要滴出來。」

利蘭一巴掌拍在魔鬼被皮帶抽紅的臀肉上，用挺立溼亮的凶器抵住正不斷湧出白液的紅腫肉穴，再次進入幾乎不費吹灰之力。

啪啪啪的聲響在室內響亮得刺耳，外頭的日光正緩緩照入原先陰冷的屋內。

「唔……唔啊、啊啊！」

托比亞斯的雙手被皮帶綑綁纏繞，艱難地在沙發上跪趴著晃動，都還沒時間抹掉臉上的汗水、淚水和精液。

利蘭覆在托比亞斯背上，伸手摸摸他圓滾滾的肚皮。

他玩得很盡興，小狗看來也吃得挺飽的。

笑著將渾身黏膩、撐不住他重量的魔鬼幹進沙發裡，利蘭凶猛地抽動著腰桿，托比亞斯則被迫把呻吟都喊進皮沙發裡。

兩人都沒注意到外頭又紅又亮的太陽有多刺眼。

「隨便跑到人間玩，你是不是皮在癢？」

「還賣身賣到幫人家數錢，你是不是沒被魔鬼揍過？」

「蠢蛋吉娃娃！你是不是沒被壓在磨泥板上磨成泥過？是不是？」

三頭犬張牙舞爪，手執拖鞋與磨泥板，面容可怖彷若修羅。

「沒有啊！不是啦！等等、等等！」托比亞斯在自己的喊叫聲中驚醒。

他張開眼，壁爐裡還燒著殘餘的亮綠色業火，劈啪地彈出硝煙的酸味。橘紅色的日光從窗外射入，室內瀰漫著一片橘黃光芒，彷彿正值黃昏之際。

這裡看起來很像地獄。

盯著窗外的景色，口水掛在嘴邊的托比亞斯迷迷糊糊地爬起身，思緒還徘徊在剛才的夢境和現實之間。有一瞬間，他還以為自己回地獄去了，正窩在自己的房間裡，而老媽們發現了他擅自到人間不小心把自己賣了的祕密，正拿著拖鞋和磨泥板準備像地獄裡很常見的那些亞洲父母一樣爆打他一頓。

「嗯……」不過身下人類發出的沉吟提醒了他，他現在並不在地獄裡。

伸展身軀的利蘭讓托比亞斯的腰椎顫慄不止，他下半身抽動了幾下，埋在體內的器物才滑出。涼颼颼的空氣灌進來，逼得他不得不夾緊臀部，才不會讓裡頭的熱液滑出來。

利蘭撥開散落在額頭上的瀏海，眉心皺在一起，顯然對於被吵醒這件事情感到相當不悅。托比亞斯看著人類胸膛上的一灘口水，懷疑下一秒人類會不會也拿拖鞋揍他。

「你在叫什麼？托比。」利蘭慵懶地靠在沙發上盯著他問。

「我作了惡夢！」

「又作？你要我跟你說幾次，隔壁的貓沒有受過上帝指示，牠只是純粹雞掰而已，你不要走過去就不會被打……」

「不是那個，我這次夢到的是老媽們準備拿拖鞋打我。」雖然被貓打的那個惡夢是真的也滿可怕的。

「為什麼打你？」

「呃，因為知道我自己偷跑上來，還有我們之間的這些事？」托比亞斯來回指著自己和利蘭。

利蘭看著他翻白眼，好像他在說什麼廢話。他起身，把托比亞斯從身上抖下去。

「我們之間的事有什麼問題嗎？」

「你不懂，你在地獄裡算是有點，怎麼說……」

「聲名狼藉？」利蘭自顧自地穿起衣服來，看見胸膛上的一大灘口水時，他竟意外地沒多說什麼。

「對、對，要是老媽們知道我跑上來，契約書被你拿到，還被改得亂七八糟，我可能會被抓回去痛扁一頓。你沒被凶猛的地獄三頭犬打過，你不知道有多恐怖。」托比亞斯自顧自地說著。

利蘭卻一點也不在乎的模樣，他抓起托比亞斯的衣服往他身上套，幫他把衣服穿好。

「不，你不會的。」利蘭拍了拍托比亞斯的腦袋，捧著他的臉親了幾口。

昨晚豐盛地飽餐一頓後，到今天早上托比亞斯的肚子都還在脹，不過利蘭最近表現得很大方，對於餵食這件事幾乎是不厭其煩。

即使吃得再撐，有美味的獎勵托比亞斯還是來者不拒。他搖著尾巴接受親吻，還急切地湊上去討要。

「沒東西能把你帶走，上帝也一樣，你只要負責躲在我背後就好，我會把來抓你的傢伙們撕成兩半再丟進油鍋裡炸。」

利蘭笑眯一雙眼睛，托比亞斯重重地吞了口口水，實在分不出對方是認真的還是在開玩笑。

「不好吧，拜託不要撕爛老爸和老媽們，畢竟我還是他們養大的，莫希流斯和馬努列斯倒是無所謂……」

手機鈴聲打斷了托比亞斯的話，人類和魔鬼同時望向不知何時被被利蘭仍在地上的手機。

利蘭看了眼手機，微微擰起眉頭。

「是誰？」托比亞斯探出頭。

「沒什麼，大概又是亞契有客人應付不來。」利蘭撿起手機，冷酷無情地掛斷。

「不接嗎？」

「不接，我才剛工作完。」利蘭將手機收進口袋裡，他上下打量一團亂的魔鬼，隨後把魔鬼從沙發上拎起。「現在先回家，我需要泡個熱水澡，你需要被刷洗一下，工作可以等。」

「先讓我穿褲……」

「不用穿了，你有差嗎？」

也不管滿室的狼藉，身著正裝的利蘭拎起光屁股的魔鬼就走出那棟原先陰森可怖，現在已經回歸寧靜的房子。

屋外刺眼的橘紅色太陽讓利蘭都不得不抬起手來遮擋光線。他看了眼紅通通的天空，今天的天空連一點藍色都看不見。

「真像地獄。」托比亞斯喃喃自語。

「是啊。」利蘭眉頭皺了一下，但隨後又一副無所謂的模樣。他將托比亞斯丟上車，用安全帶繫好。

說到這個地獄……用尾巴遮住光溜溜屁股的托比亞斯盯著窗外，一片橘紅的景色讓他想起今天作的夢。

自從上來人間之後，他幾乎每天過著吃飽睡，睡飽被利蘭玩弄，被玩弄飽又開始吃的愜意生活，以至於他都忘記了他似乎還有些事情要擔心。

不知道自從上次被綁架召喚到人間之後，老爸和老媽們有沒有氣瘋？畢竟上次他什麼都沒跟爸媽說，還不小心一併帶走了老爸心愛的 IKEA 餐具組……

說不定他們現在已經氣到爬上人間來準備痛扁他一頓了呢。

有可能嗎？

托比亞斯想到就打哆嗦，因為怒氣騰騰的老爸和老媽們可能還不是最棘手，最棘手的應該是莫希流斯和馬努列斯這兩個傢伙……

還記得他上次是如何囂張地按著胸膛，在那兩個傢伙面前叫囂利蘭是他忠心耿耿的人類奴隸嗎？

托比亞斯轉頭看向上了車的利蘭，人類一早心情好像沒有很好，早餐又是一根菸，他似乎只要抽菸就能吃飽。

「幹嘛？」注意到托比亞斯在看自己的利蘭斜睨了他一眼道：「還想吃飯飯嗎？」

「喔，沒有，謝謝，還很飽。」托比亞斯摸著圓滾滾的肚子，在這樣下去他會被養成六百磅的沉重地獄犬。

他繼續盯著利蘭，然後習慣性地替他將菸燃上。

利蘭看了他一眼，勾起嘴角，自顧自地發動汽車，踩下油門。奇怪的是，人類明明沒伸手，托比亞斯卻覺得自己被對方用眼神摸了兩下腦袋。

他的尾巴晃呀晃的，自己都在心裡想：我真是乖孩子，對不對？對不對？

那麼現在問題來了，如果哪天他那兩個耶穌基督渾蛋兄弟真的找上門來，他要怎麼說服他們利蘭真的是他乖巧可愛又聽話的人類奴隸？

……

看來只能向撒旦祈禱這件事情不會發生。

◇◆◇

叩！一聲。

——您所撥的電話沒有回應。

亞契盯著被掛斷的手機，他知道再撥一次也不會有結果。老闆是很任性的，他不想接電話就是不想接電話。

他放下手機，有些不好意思地搓搓手，視線這才緩緩望向辦公桌對面的兩位男士。

「抱歉，老闆有公事正在處理，可能還要晚一點點才會到。」

兩位男士用一模一樣的姿勢翹著二郎腿坐在椅子上，用他們俊美得像魔鬼一樣的臉龐盯著他直看，其中一個還不停對他拋媚眼、眨眼睛。

「沒關係，我們可以等。」

「可是可能要滿久的，你們確定不約下次？」

「不用，我們有的是時間。」兩位男士微笑，一個繼續拋媚眼。

亞契遇過為數不少的奧客，但讓他感到這麼棘手的客人還真的是第一次。

「那麼，要喝杯茶、吃些點心慢慢等嗎？我來替你們準備。」

「好，來點人耳朵和小牛血。」

「我想來一些男性體液。」眨眼加飛吻。

亞契哈哈兩聲，皮囊在笑，靈魂已死。

「只有茶和餅乾。」

「「好吧，隨便。」」兩位男士一臉很掃興的模樣。

亞契起身準備，離開辦公桌前不忘再確認一次：「伯爵茶可以嗎？莫希先生、馬努先生。」

「「隨便，人類。」」他們再度異口同聲。

◇
◆
◇

今天怪怪的。

利蘭盯著落地窗外的橘紅色太陽，空氣裡瀰漫著一股硫磺味，天色紅得像是有什麼骯髒東西從地下大量跑上來。

他眯起眼，很不高興，因為這通常表示工作量會變大，愛委託、要求多，給錢卻拖拖拉拉的奧客會大量出現，這其中還包括一些比地下的東西更骯髒的傢伙。

果然，一隻白鴿忽然飛到落地窗前，牠拍動翅膀，訓練有素地露出牠那綁著信紙的小腳。牠盯著利蘭，利蘭也盯著牠……接著他直接拉上窗簾。

但就在窗簾闔上的那一瞬間，鴿子開始不屈不撓地衝撞玻璃。

青筋在利蘭的額頭上明顯浮出，他回頭，拉開窗簾，推開落地窗，在鴿子來得及反應之前一把抓住鴿子的脖子，一氣呵成。

什麼話也沒說，利蘭只是陰著臉瞪鴿子，鴿子連翅膀都不敢拍一下，身上的毛因為巨大的壓力一下子炸飛開來。

取下牠腳上的信紙，利蘭一把將手上光禿禿的鴿子給扔出去。他打開信紙，天上一下子亮了，伴隨著神聖的鐘聲。

利蘭深呼吸，吐氣。

信紙很小，上面只寫了短短幾個字：我們在附近公園等你，你知道我們要談什麼。

利蘭看向越發變紅的天空，直到托比亞斯的整顆腦袋湊過來。

「誰？要談什麼？我能一起去公園嗎？」托比亞斯不知道從哪裡冒出來，偷窺他手上的紙條。

「不，你不行。」利蘭揉掉紙條，隨手一扔，紙條被燒掉了。

這是他教會托比亞斯的新把戲，他扔什麼，他燒什麼，無論是垃圾、人類，或任何他看不順眼的活物，但托比亞斯還沒學會燒掉樹枝、球和報紙，他總是會把那些東西撿回來。

「為什麼不行？」托比亞斯起疑，他繞著利蘭轉，兩隻眼睇成線道：「誰寫給你的？公園裡那群很愛繞著你轉的柯基？還是那群會向你討抱的貴賓？」

利蘭斜睨托比亞斯，先不說寵物狗到底會不會幹飛鴿傳書這件事……利蘭比較在意托比亞斯出生時他母親是不是站著生他，讓他頭朝下呱呱墜地的？

「怎樣？是誰？切達、球球還是妞妞？」

不，說不定是站在樓梯上生的。

「你真該慶幸我夠喜歡你。」利蘭低頭看著魔鬼，久久才做出回應。

「喜歡我就帶我去公園！」

「不，跟你說了不行。」利蘭撥開托比亞斯的腦袋，轉身換上西裝。

人類的嘴，騙人的鬼。托比亞斯正想繼續吵，利蘭卻往他手裡塞了幾張紙鈔和零錢。

「不是那群狗，是那兩個王八蛋天使要找我談事情，所以我要先出去一下，你自己搭地鐵去辦公室等我。」利蘭說，他挑眉問：「你會搭地鐵吧？」

「當然。」應該，不過搭地鐵不是重點。「天使們又為什麼要找你？」

「因為我是耶穌基督，他們認為我有去拯救世人脫離苦海的責任義務啊。」

利蘭瞪著托比亞斯，托比亞斯也瞪著利蘭。魔鬼隨後哈一聲不爭氣地笑了，笑到彎腰拍膝蓋，扒在人類身上都站不直。

「笑死我了，耶穌基督……還拯救世人脫離苦海，你越來越幽默了，人類。」

利蘭沒有生氣，反而笑了。

這確實是滿幽默的。

「總之，我們要談事情，但你跟著，他們就會想辦法打扁你，到時候我就必須要把他們往死裡打，這很麻煩，所以你聽話，乖乖自己去辦公室等我，明白嗎？」

「但……」

「我會買 M&M'S 給你，暫時允許你在每次亞契上廁所時忽然衝進去找他聊天。」

「好啦好啦。」可以接受的條件。

托比亞斯默默地將零錢拽進口袋裡，他看向身穿正裝站在落地窗前的人類，陽光灑在他身上像光暈一樣圍繞。好吧，偶爾有那個一兩秒的時間，人類看起來確實有這麼點神聖的味道在。

不過……耶穌基督？

真的很好笑耶。

「到底要談什麼啊？是不是又要欺負你？被欺負要說喔，雖然你大概可以自己打死他們……」

利蘭看著托比亞斯，第一次話說得有些猶豫，很大一部分原因是他從來不說蠢話，而他現在要講的話聽起來很蠢。

「外面現在一副世界末日的模樣，應該跟你沒關係吧？」

托比亞斯歪歪腦袋，不解地望著窗外說：「沒有啊，我以為跟你有關係。」

利蘭聳肩。

「可能真的要世界末日了吧，你們人類這麼愛亂丟垃圾、用核武和殺北極熊。」托比亞斯不是很在意，反正這不是很重要的事。「別擔心，你下地獄我會罩你的。」他把爪子搭在人類腰上。

「好喔。」

人類難得沒有摔他、賞他屁股巴掌或把他幹到吐，幹到黏進床裡、幹到眼冒金星、頭暈目眩之類的……

真可惜，托比亞斯心想。

「現在出門，不要惹麻煩，懂嗎？」利蘭替托比亞斯將外套拉鍊拉上，替魔鬼將項圈拉鬆。也許等過一陣子，他們就能完全鬆開他的項圈。

也許不。

利蘭喜歡套著他的魔鬼。他用食指勾了勾托比亞斯的項圈，托比亞斯盯著他，點著頭說：「好啦好啦，不惹麻煩，我保證。」

◇
◆
◇

托比亞斯惹麻煩了。

他以為剛才在地鐵行駛途中，無心燒掉車窗，把頭探出窗外想看風景，結果造成地鐵大停駛、警消出動、恐慌的人類亂竄已經是他今天惹上最大的麻煩。

在逃跑途中撞上公車，導致陸上交通大阻塞、消防栓爆裂、小吃店起火等等，也已經完全把他惹麻煩的額度用完了。

但直到他滿身狼狽地逃過所有麻煩，來到利蘭的事務所前，他才發現真正的麻煩在這裡，而且還是兩個麻煩。

「「弟弟！」」

托比亞斯僵硬地站在辦公室內，瞪著坐在旋轉椅上的莫希流斯和馬努列斯。正吃著小餅乾、喝著伯爵茶的他們一看到他，就大方熱情地張開雙手向他招呼。

只是他們臉上的笑容邪惡戲謔到讓魔鬼也憎惡。

「你那聽話又乖巧的人類奴隸呢？」

「快叫那個惡神父過來叫兩聲給我們聽聽啊！」

托比亞斯手足無措地站在原地，一個字都吐不出來，他看向坐在其中仍保持職業性微笑的亞契，亞契也一臉困惑地看向他。

完了完了，原來這才是真正的魔鬼末日。

◇◆◇

利蘭在口袋裡摸了半天，沒摸到打火機，只能拉下臉和路邊的行人借火。

好不容易點燃香菸，他抿著菸嘴吸了一大口，心情卻還是沒有好轉。吐出白煙，他下意識地伸手要往身旁掐住什麼，卻只掐到空氣。

利蘭不悅地瞇起眼，一時忘記托比亞斯不在身邊。他沉吟一聲，握握空蕩蕩的手，湧現的煩躁和怒氣好像遠比犯菸癮時還來得嚴重。

烏雲緩慢地籠罩住紅色太陽，天空頓時一片陰暗。

就在路邊的野草要因為莫名的原因起火之際，一個裸體走過去對著公園裡的行人做猥褻動作的男人救了它們。

利蘭盯著那個正在對老奶奶甩下體的男人，耳邊警車、消防車和救護車的聲音又同時呼嘯而過。

似乎有很多不尋常的事正在同個時間點一起發生。

望向遠處各地不斷冒起的煙霧，注意力都還沒能維持多久，一個裸體的女人又從利蘭面前走過去，和那個裸體的男人親吻起來……以及另一個不知道從哪裡冒出來的，同樣是裸體的男人。

老奶奶正大聲斥責著大白天行淫穢之事的男女們，怒罵：「魔鬼！上帝會懲罰你們！」

鬧劇持續上演，眼見公園裡裸體的男女有增加的趨勢，就連利蘭都忍不住歪頭，不知道自己到底都看到了些什麼。

這不是魔鬼幹的好事說不過去。

但是，是哪個傢伙呢？

「您快來幫忙啊！神父！」被淫穢包圍的老奶奶開始向利蘭求助：「讓上帝斥責這些罪人！神父！」

然而利蘭只是站在那裡好整以暇地吸著他的菸，看著老奶奶被逼到角落，直到手指間的菸剩一截尾巴。

「我是不知道上帝願不願意紆尊降貴地下到人間來處理這些白痴和爛事啦，會的話大概也不需要試圖奴役我了……」利蘭將菸尾巴扔在地上踩熄。「不過至少警察會處理吧？」

「喔上帝！耶穌基督！」老奶奶一臉絕望，看利蘭的眼神像在看神經病，而利蘭只是回以一個相當沒禮貌的冷笑而已。

但說也奇怪，利蘭前腳才剛離開，原本正急駛在道路上的警車就忽然打滑，一路衝進公園裡面。警察們誤打誤撞地趕到現場，正好解救了快被香豔刺激的場景逼死的老奶奶，雖然他們自己下車時也都一頭霧水。

利蘭在公園裡找到天使們時，他們正坐在公園裡的木馬搖椅上搖晃著，旁邊有孩子哭鬧著說他們占據木馬很久了，但他們絲毫不在意地聊著天，自顧自地指著遠處的火光和煙霧激烈討論。

天使們的翅膀張得大大的，不著痕跡地把哭鬧的孩子推走。看不到翅膀的孩子母親還以為是風大而已。她瞪著占據木馬的兩個成年男性，最後選擇牽著孩子離開。

和天使們打交道是件麻煩的事，因為比起魔鬼，他們說不定才是最貪得無厭的傢伙，利蘭心想。他下意識又要拿菸抽，但一摸才發現剛剛是最後一根。
天上的烏雲又更厚了。
好喔。
今天如果再不順下去，他一定要殺個什麼東西洩憤。

◇◆◇

這次可能真的會被殺掉。
托比亞斯發現自己這次惹的已經不是囂張地和人類勾肩搭背、稱兄道弟，或是在不適當的時機向人類討ㄐㄐ吃的那種小麻煩而已。
這次他惹的麻煩會直接捅穿利蘭對他的所有底線，就算他之後再怎麼努力工作、點多少菸也補償不了的那種。
「你好像變胖了，小弟。」
「日子過得很滋潤嘛，你的人類奴隸都餵你吃什麼？」
沙發上的托比亞斯被一左一右包夾著，莫希流斯和馬努列斯親暱地簇擁著他們的小弟，一個捏著他的下巴，一個捏著他的肚皮。

托比亞斯縮在那裡，為了他的小命著想，他現在大可以知錯能改，告訴他的兄弟們他只是在吹牛而已，但是……他的身體和自尊就像是有自己的意識一樣。

他的身體將腳翹在茶几上，頭抬得高高的，自尊則替他開口說：「我想吃什麼他就必須要給我什麼，一切由我說了算。」

恍惚中，托比亞斯看到自己的鼻子好像一下子長到天花板去了。

「真的？沒有說謊？」

「嗯……真有意思。」

莫希流斯和馬努列斯語氣裡滿滿的不信任。

「當、當當當當然。」連托比亞斯自己的語氣都不夠確定。

莫希流斯和馬努列斯揚起微笑，眼睛瞇彎成縫。牛吹到這個地步，托比亞斯已經無路可退。

「真的是這樣嗎？奴隸的奴隸。」馬努列斯轉頭望向正拿著拖把，氣喘吁吁地把剛剛闖進事務所說要服侍主人的裸體男女們推出去的亞契。

氣喘吁吁的亞契剛關上門，眼鏡都歪了，一回頭就看見兩位客人盯著自己，眼裡都閃爍著邪惡的火焰。而夾在中間的托比亞斯正張大眼睛，像個要求同夥幫忙圓謊的孩子，拚命對他使眼色，就差沒衝過來扒著他的衣服哭著求他。

亞契抵在門上，沒料到自己會忽然變成利蘭可能謀殺的對象之一。

◇ ◆ ◇

「利蘭！」

天使們坐在木馬搖椅上拍動翅膀，迦南揮舞著手，烏列則拚命搖著他的小馬。

「找我幹嘛？」

沒有菸、沒有可以揉捏的魔鬼，利蘭第一時間習慣性地在公園裡尋找起可以行凶的器具，只可惜玩具沙鏟和耙子可能殺不死天使。

「敘舊啊。」

沒關係，有必要的話利蘭會用拳頭打死他們。

「別說屁話，要幹什麼？你們要求我做的工作都完成了，還有什麼問題？」

迦南探頭，瞇起眼問：「你沒帶著那個男孩？」

烏列接話：「為什麼沒帶著他，他在哪？在幹什麼？是不是……」
隨著人類頸子上的青筋冒起，搖晃的木馬應聲斷裂，天使們狼狽地摔落在地。
「跟你們沒關係吧。」
「怎麼會沒關係，那是隻魔鬼……」
「我今天早上幹完他後射精在裡面，讓他塞著肛塞不准流出來，現在他在……」
「「啊啊啊！我們不要聽！不要聽！」」天使們遮著耳朵尖叫，滿臉心靈創傷。
利蘭開始挽袖子、伸展筋骨，天使們叫得更大聲了，直到警車、救護車和消防車同時呼嘯而過的聲音再度掩蓋所有雜音。
「別激動，別告訴我你沒注意到今天的天空還有那些在街上胡鬧的人類。」
「地鐵停駛、到處都是災禍、淫穢的人們和魔鬼的追隨者，有什麼東西在搞鬼！」
迦南和烏列比手劃腳地指著周圍。
「所以呢？」利蘭還是沒聽到重點。
天使們互看一眼，在利蘭掄著拳頭前進一步時跟著後退一步。
「是你的小狗幹的好事嗎？」
終於，烏列開口問出他們找利蘭來的真正意圖。

「是你的小狗幹的好事嗎？」

烏列小心翼翼地問出這句話時，利蘭想起今早出門前和托比亞斯的那段愚蠢對話。這件事是托比亞斯幹的好事嗎？血色的太陽、災禍、淫亂荒唐的人們……利蘭忽然笑出聲來，笑到不習慣對方愉快情緒的迦南和烏列都毛骨悚然。

如果問路邊的電線桿是不是托比亞斯把頭伸出車窗外時撞歪的，利蘭或許會相信。

「不，不是我的小狗。」

「你怎麼知道不是。」

因為托比說不是他，托比不會對我說謊。利蘭心想，這是真正的理由。

「他沒有那個能耐，再說我是個有責任感的主人，我有好好拴著他。昨天到今天早上一整天他都跟我在一起，到我們分開之前，我的屌幾乎都還塞在他的屁……」

「不，拜託！」

「不要再折磨我們了！」

天使們遮住耳朵，情色淫穢對他們來說就像是有人用指甲刮黑板的聲音一樣尖銳刺耳。

利蘭微笑，但那笑容很快就褪去。

「總之，那不是托比的問題，如果你們只是想問這種無聊問題的話，以後打電話問，不要為了這種事叫我出來！」

「但你把我們的電話設成了黑名單！」

確實如此。

「那就不要打！」利蘭實在懶得多費唇舌，轉頭就要走。

「慢著、慢著……」迦南又叫住他。兩隻天使在利蘭面前互看一眼，然後你用手肘撞我，我用手肘撞你，直到迦南清清喉嚨又說：「但有東西跑上來了，你是不是該盡一下責任義務，聆聽世人的禱告，然後去查清源頭？」

利蘭瞪著天使們，直到他們的翅膀像被瞪到著火似的收起。

「責任和義務？你們好意思對我說啊？怎麼你們就不聽人類的禱告。」

「那不是我們的業務範疇。」天使們說得冠冕堂皇。「我們是服務老大，又不是服務人類。」

「我就應該要犧牲奉獻？」

「耶穌基督啊，畢竟你是老大最疼愛的孩子，他對你寄予了厚望，你生來就應該要……」

「你們知道耶穌基督在地獄裡是什麼意思嗎？」利蘭瞪著他們，再度打斷他們。

迦南和烏列雙眼發直地看著利蘭，他們聳聳肩，重複同樣的話：「老大最疼愛的孩子，被寄予厚望的人類救世主？」

利蘭大笑出聲，笑到天使們胃酸逆流，唇齒發苦。

「這、這很好笑嗎？」迦南不解地看向烏列。

「我們當年應該趁他還沒長到像現在這樣之前，強制他去看心理諮商。」烏列說。

現在長成這樣完全沒救了，偏偏他們也不敢跟老大說這幾年他們把孩子養成怎樣了。

雖然嚴格來說他們並沒有養。

「要找你們自己去找原因吧！」離開前利蘭就像個渾蛋一樣，很不客氣地分別給了他們一根中指。

看著利蘭大搖大擺離去，迦南和烏列再度面面相覷。

「前輩們明明說過耶穌基督很乖的，是最棒的孩子，怎麼我們這一代的爛得像個撒旦？」

「有沒有可能老大重新製造的時候被撒旦偷換成了私生子？」

天使們陰謀論四起，最後還是沒得出結論。

「現在怎麼辦？」迦南盯著天上的紅色太陽看，幾個裸男裸女在公園裡被警察追著跑。「乾脆去跟老大告狀？給他點正義的鐵拳教訓一下。」天使揮舞拳頭。

「不行，這樣老大會發現我們縱容他養魔鬼，老大這麼疼他，說不定被教訓的是我們。」烏列傷腦筋地揉著太陽穴。「而且這是我們手上最後的把柄。」

他懷疑利蘭是不是也在賭這件事，所以才會在他們的脅迫後乖了幾天又故態復萌。雖然老大不承認，但他還是認為老大這次手滑把東西做壞了，而且是非常非常壞。

「所以呢？我們真的要自己去找問題？去哪裡找？可以不要嗎？已經上班三百年了，想下班輕鬆一下都不行嗎！」迦南一臉苦悶。

烏列瞇起眼，遙望著利蘭離開的方向。

「你這蠢蛋，還真相信利蘭的話？有魔鬼的地方就一定有災難，有災難的地方就一定有魔鬼。」烏列說得頭頭是道。「壞東西養出來的一定更壞，我還是認為跟他養的魔鬼有關，他一定在說謊。」

他從背後抽出他的劍，明亮的火焰在上頭熊熊燃燒。

「唯一的辦法還是早點幫他斷捨離吧。」

「你瘋了嗎？他會打死我們，再徒手拔掉我們的翅膀！」

「不這麼做被老大發現的話，我們還是會被拔掉翅膀，丟進地獄裡去，你想去和撒旦當室友嗎？別忘記那傢伙當年在天界衛生習慣有多差，還有多愛看……人類星球頻道裡的交配紀錄片。」

迦南一臉苦澀，這年頭當天使真的好難。

烏列看著迦南，揮舞他的劍說：「別擔心，我們打了就跑，回天上直接去和老大告狀利蘭亂養東西，我們大義滅親，讓他沒有機會和老大說廢話。」

迦南撓著下巴道：「這好像是個不錯的主意。」

「希望這次有機會能換個聽話的耶穌基督。」

烏列伸出手，迦南也伸出手。

「加油！加油！加油！」

「加油！加油！加……哎好燙！你能不能先把劍收起來？」

天使們大概在算計什麼，以那種迂腐懶散的個性來看，可能死也不會乖乖去做分內該做的事，找他和托比亞斯的麻煩或許會是最快的捷徑。

利蘭心想，他可能必須做點準備。

不知道用什麼東西殺天使會比較快樂，開車輾過他們會有用嗎？

利蘭踩油門，撞開那個正在馬路上騷擾女人的裸男。

裸男倒地，在地上滾了好幾圈，厚厚的脂肪正好成為緩衝。

利蘭倒車，打檔，踩油門，試圖直接再次輾過裸男，車的引擎卻在這時剛好熄滅。

消褪的青筋再次浮起，看著從地上爬起來逃跑的裸男，他有種不悅感。

可惜他從來沒有機會真正輾斃一個人類，人類總是能從他手裡奇蹟生還。

利蘭滿討厭這項技能的。

他熄火，看向窗外，事務所外不知道為什麼聚集著特別多的裸體男女，他們就像某種群聚的野生動物一樣。除此之外，街區外還有很多酒鬼在打架鬧事。穿著走麗克風，身上都是地獄三頭犬刺青的人群也到處聚集。

利蘭的手指在方向盤上敲打，他向上看了眼自己辦公室的位置，啪、啪、啪，青筋在額際突突跳起。

他沉默地走下車，也許是黑著臉的氣勢太過嚇人，人群像紅海一樣自動分開讓出一條道路。

利蘭一路往事務所的方向前進，心想這一切最好不要真的跟那隻小笨狗有關係。

然而……

利蘭遠遠地就看到托比亞斯獨自站在事務所門口等他，他貼在角落裡，雙手交疊，不安地磨蹭著，一見到他就開飛機耳，心虛地瞇著雙眼。

「嗨，親愛的人類。」

原來惡神父不只在地獄惡名昭彰，在人間也惡名昭彰。

憑藉著所有地獄以及人間曾經受過惡神父霸凌、迫害和欺負的受害者們的證詞，莫希流斯和馬努列斯幾乎沒費什麼力氣就找到了惡神父的巢穴，以及身處於巢穴中的小弟——托比亞斯。

只是找到托比亞斯時，莫希流斯和馬努列斯差點笑掉大牙，因為他們那個在地獄裡就魯魯的小弟在人間看起來更魯了。

他把自己變得更小隻、更沒用，臉看起來還更加倒楣，好像無時無刻都會不小心踩到吉吉的大便，唯一有長進的大概只有體重和他頭上又明顯了點的魔鬼角。

這樣的魔鬼丟去教堂，可能上帝也不願收拾。

然而就是這樣一個沒用的傢伙在他們面前翹著二郎腿大放厥詞，說那個一直欺負魔鬼的惡神父是他忠誠的人類奴隸？

不管你買不買帳，莫希流斯和馬努列斯是不買的。

這其中一定有什麼不為人知的祕密在。

「你說看看托比是怎麼收服惡神父成為他的人類奴隸的？」莫希流斯搭著亞契的左肩。

「你為什麼要當人類奴隸的奴隸？想不想成為我的奴隸，讓我進入你，折磨你的靈魂，讓你在高潮與痛苦間掙扎。」馬努列斯搭著亞契的右肩。

「托比……大人是靠著他無與倫比的魅力、氣魄和殘暴冷酷的天性降伏老闆，老闆看到托比……大人第一眼就決定要臣服於他的腳下，為他服務。」亞契毫無感情地對莫希流斯唸著剛剛托比亞斯在廁所裡扒著他，哭著哀求他唸完的整段台詞。

「無與倫比的魅力？托比那隻吉娃娃？你在跟我開玩笑嗎？」

亞契乾笑兩聲，轉身對馬努列斯說：「不了，謝謝您的好意。」

他縮起身體，從兩位男士搭起的囚籠中脫逃。

「為什麼不，看看我那些在外面自由奔放的奴隸們，他們多開心、多快樂。」

兩位男士沒放過亞契，他走到哪，他們就跟到哪。亞契看著外面自由奔放的裸男和裸女們，雖然他們看起來好像真的很開心，但他實在不想成為其中一員，他很怕冷。

「托比……大人即使像吉娃娃，也有著大家意想不到的魅力呢。還有不了，謝謝、謝謝。」亞契實在被煩得受不了，他心想，老闆要是再不回來處理這件事，他就要跳槽去隔壁的麥當勞打工。

◇
◆
◇

那張臉一看就是惹了什麼大麻煩的表情。

利蘭低頭瞪著他越靠近，就把自己越往角落塞的托比亞斯。

魔鬼的手指糾結成團，尾巴討好地在腿間顫抖晃動，托比亞斯的眼睛瞇成細細的線，視線不斷飄移。

「你做了什麼？」利蘭逼近托比亞斯面前，沉聲詢問。

「也、也沒什麼，不是什麼大事。」托比亞斯一臉心虛，還伸出爪子往他身上放，企圖安撫他，做最後的垂死掙扎。

「你、做、了、什、麼？」利蘭重複先前的問題，這次咬字清晰。

「正、正確來說不算是我的錯。」

「托——比——亞——斯。」

托比亞斯一副要被殺了的驚恐模樣，但魔鬼的求生慾望強烈，不知道從哪忽然掏出菸往利蘭嘴裡放，然後點上。

熱氣被人類吸進嘴裡之後，原本籠罩走廊的陰霾頓時消散。利蘭深深吸了口菸，視線仍然盯在快嚇尿的魔鬼身上。

「我發誓，我真的什麼都沒做！」托比亞斯繼續解釋。

「外頭那群噁心的裸男、災禍、地鐵停駛，都不是？」

「呃……至少裸男跟我沒有關係。」

利蘭真想掐死托比亞斯。

匡噹！辦公室裡發出的聲響打斷他們之間的對話，利蘭看了托比亞斯一眼，轉身就要進辦公室，托比亞斯卻死死擋住他。

「誰在裡面？」利蘭問。亞契不可能發出這麼大的聲音，那個傢伙通常只想消除自己的存在感，領薪水，然後過一天是一天。

「呃……我是不是有和你提過我有兩個像耶穌基督一樣的兄弟？」托比亞斯點著手指。「他們可能、呃、找上門了，裸男應該、呃、是他們帶來的。」

利蘭眨眼，將菸一口氣吸完。

好喔，上一秒他還在跟天使們保證這件事和托比亞斯無關呢。

「來幹嘛？」利蘭問，青筋逐漸在他的頸子和額際上湧現。

「可能是老媽們叫他們來確認我有沒有說謊……就是那個，我是不是跟你說過，我可能在回去地獄的那幾天，不小心和家人吹噓了我來人間之後的成就？」

「像是什麼？」

黑著臉的利蘭讓托比亞斯雙腿發軟，臀內溼得很不是時候。

托比亞斯抖著聲音說：「像是我在人間可能是個滿成功的魔鬼，而你是臣服於我的魅力之下，被我收服的人類小奴隸……」

「人類小奴隸？」

托比亞斯的話因為湧上喉頭的恐懼而說不下去，他的「人類小奴隸」正散發著令撒旦都懼怕的不悅，他眼淚都快流出來了。

不過怕歸怕，一想到事情被戳破之後自己會怎樣被取笑，他還是得硬著頭皮面對這一切……

「我在家裡魯了這麼多年，我總不能告訴他們因為亂寫契約書被你抓到這種事吧？我會被笑死的！裡面那兩個傢伙以後一定會在每個家庭聚會上拿這件事笑我……不、不，我可能會先被老媽們拿拖鞋打死！」

為了面子，顧不得會先被人類殺掉的風險，托比亞斯像個孩子一樣搓揉著手心，委屈巴巴地向利蘭哀求：「拜託、拜託啦！幫幫我，不能被他們發現我說謊，只要在他們回地獄前演一下戲，演一下就好了！我保證我之後都會乖乖聽話，不吵著要去公園了，好不好？好不好？」

托比亞斯抱著利蘭，哭天喊地。

「求求你、求求你啦！」

利蘭只聽到自己的青筋斷掉的聲音。

◇ ◆ ◇

以我沒有靈魂的程度，我應該可以成為一個優秀的得來速員工。

就在莫希先生和馬努先生在辦公室裡玩著接球遊戲，砰砰砰地破壞亞契精心裝飾的花瓶和擺設，而亞契正啪啪啪地登打著一封有禮貌的求職信之際，辦公室大門終於有了動靜。

眼眶泛紅，明顯才剛剛擦過眼淚鼻涕的托比亞斯邁著大步走入，臉上竟然還笑得出來，一臉狂妄。

而他身後跟著面無表情的利蘭。

「看，我的人類奴隸已經回來服侍我，就跟你們說我沒說謊。」托比亞斯雙手扠著腰大聲宣布。

登打著求職信的亞契看向自己的老闆，對方沒有馬上衝進來大開殺戒，讓他備感意外。看著站在利蘭前方囂張的托比，還有站在後方沉默不語的老闆……

托比剛剛大概也哭著求老闆幫忙圓謊了吧？

沒想到老闆竟然會幫忙？亞契心想，或許因為托比的到來，讓冷酷無情的老闆真的跟從前變得有些不太一樣……

亞契正要忍不住會心一笑，一抬眼卻只看到老闆的眼神裡寫滿：殺了你們，殺了你們全部喔。

殺氣騰騰。

接收到訊息，亞契收回笑容，繼續登打起他的求職信。

年終似乎是不用妄想了。

托比亞斯站在利蘭前方，雄糾糾氣昂昂，渾然沒看到身後籠罩的陰暗。

「向你們介紹一下，這位是我的可愛的人類奴隸，利蘭。」托比亞斯扠著腰，攬過人類的模樣像個霸道總裁。

亞契辦公桌上心愛的馬克杯啪地一聲裂開，他看向老闆，老闆的臉已經臭到不能再臭，但他沒第一時間掄起拳頭。

紅著眼眶的托比亞斯得意洋洋，尾巴啪啪啪地拍在利蘭後腿上。

「利蘭，這兩位是我在地獄的兄長，莫希流……」

「你可以叫我們偉大的莫希魔鬼……」

「和雄偉的馬努魔鬼。」

兩隻魔鬼湊上前，將抱著利蘭的托比亞斯從人類懷裡拉開。他們圍繞著利蘭，像兩頭危險的杜賓犬。

比起小小隻的托比亞斯，他的兩位兄長在人間的型態非常高大，就連利蘭都比他們小一個個頭。

莫希流斯和馬努列斯低頭注視著臉很臭的人類，莫希流斯發出威脅性的低鳴，馬努列斯則是完全不顧界線地嗅聞著利蘭的臉和頸子。

利蘭不為所動，但可以很明顯地察覺他頸子上的青筋正在蔓延。

「喂！喂！我勸你們是放尊重一點，這是我的人類奴隸。」托比亞斯硬是把自己擠回利蘭懷裡擋在他「可愛並且致命的人類小奴隸」面前。

「什麼原因讓你想聽這傢伙的話，和這傢伙簽約成為奴隸？」完全沒有理會底下急得跳腳的托比亞斯，莫希流斯低聲詢問，他嘴裡冒著白霧，氣味像硫磺。

「不，我不信，這麼漂亮的人類怎麼可能會是托比的玩物？他是隻只會打手槍的小吉娃娃，能滿足人類嗎？」馬努列斯對著利蘭舔唇，他的臉刻意湊得更近，嘴唇都快要貼上去。「嗯？人類，他能滿足你嗎？」

外頭雷聲轟隆作響，紅色的天空裡一道閃電劈下，直到托比亞斯踮起腳尖硬是把腦袋擋在人類和魔鬼之間。

「喂、喂，聽我說話！我說了，這是我的人類奴隸，我的，所以別對他打什麼壞主意！」托比亞斯氣得腦袋冒煙，連忙隔開他的兄弟們。

從小到大，這兩個傢伙老是喜歡搶走他的東西，像是他心愛的球鞋、老爸老媽們的喜愛、在學校的鋒頭之類的，這些他都還能忍耐……可是利蘭？

他的人類他是打死也不會讓給其他魔鬼的，就算打死他的可能就是利蘭本人。

「雖然你一直說他是你的人類奴隸，但你要怎麼證明？」莫希流斯稍微退開，卻依然為了這件事窮追猛打。

在地獄惡名昭彰的人類始終不說話，只是陰著臉站在托比亞斯的背後，不知道在盤算什麼。他有可能真的是托比亞斯的人類奴隸嗎？不，不可能吧。

莫希流斯飢渴地想戳破小弟的謊言，同樣的，馬努列斯也是。

「你說他很聽話，那麼他平常是怎麼服侍你的，是不是讓他表演給我們看看？」馬努列斯不敢相信這麼英俊的人類會是他小弟的奴隸，看看托比亞斯那張臉。

讓英俊的人類臣服於托比亞斯腳下，那實在是暴殄天物，不如臣服在真正的魔鬼腳下比較好。

馬努列斯打量著托比亞斯身後的利蘭，要怎麼樣綁縛、鞭打、讓人類像小狗一樣跪在他面前尋求歡愉，他都已經想好了，現在就差結束小弟這無聊的謊言，讓小弟哭著回家被老媽們罰跪算盤。

到時候他會接手這個人類。

「呃……呃。」一路將利蘭護在身後的托比亞斯漲紅著一張臉，冒白煙的腦袋顯然正在思考什麼叫「奴役人類」。

他平常唯一會指使利蘭做的事只有求他給自己點心吃，通常還都是他扒著利蘭又吵又鬧才會有……他根本不知道怎麼奴役人類。

陷入困境的托比亞斯視線飄移，卻看見站在莫希流斯和馬努列斯背後的亞契對著他比手劃腳，不斷地做著重複的動作。

托比亞斯看了好久，他那聰明的腦袋才靈機一動。

「好、好啊，這有什麼困難的。利蘭，去幫我們倒杯茶吧！」托比亞斯七手八腳地指示著。

亞契則在這時扮演好人類奴隸的奴隸角色，眼明手快地將茶壺塞進老闆手裡，將茶杯擺好在魔鬼們面前，隨後又退到角落去。

利蘭站在原地沉默了足足有一分鐘這麼久的時間，直到莫希流斯和馬努列斯質疑的目光開始在托比亞斯身上打轉。

終於，利蘭動作了。他上前，倒茶，一副厭世至極的模樣，但他在倒茶。

亞契都快忍不住替老闆拍手鼓掌的衝動，托比亞斯則咬著下唇緊張地站在利蘭背後，時不時探頭關心。

熱茶順利倒完，茶水完美停留在表面張力的邊緣。

托比亞斯一臉驕傲地扠腰挺胸站在利蘭面前，彷彿在炫耀自己的人類有多完美。

「就這樣？他平常做的服侍就是這些？」莫希流斯瞪著自己的小弟。「獻祭的工作呢？要知道，我的奴隸在服侍我時是會用羔羊鮮血為我沐浴的。」

「我、我又不喜歡羔羊鮮血，我只要一杯熱茶就可以。」托比亞斯回嘴。

「只是需要一杯熱茶的話，你根本不需要用到一個人類奴隸。」馬努列斯插話，對著小弟翻白眼。「你在浪費你的人類，托比，你完全不懂怎麼奴役人類。」

「唉，不成材的傢伙，在地獄裡就只會打手槍和追星，上來之後還是只會幹這種事。」

「就算給你再好的東西，你也完全不懂用途，扶不起的阿吉。」

莫希流斯和馬努列斯你一句我一句，把托比亞斯唸得垂頭喪氣。從以前就是這樣，他長得不夠高也不夠凶猛，所以不管做什麼，好像都比不過莫希流斯和馬努列斯。

好不容易盧到人類願意幫他，有機會炫耀一番自己的成就，結果他們還是能把他說得一文不值。

托比亞斯皺起一張苦澀的臉，利蘭從頭到尾沒有說話，依舊沉默。這讓托比亞斯不禁擔心他的人類會不會聽一聽也覺得有道理，他真是個沒用的傢伙，除了惹麻煩好像什麼事也辦不到，每天只會吵著要吃東西，現在居然還要求他低聲下氣地假裝成他的人類奴隸……

要是利蘭也像老爸和老媽們，或是外面那些瘋狂的人類信徒們一樣，開始認為他的哥哥們比較優秀、比較好怎麼辦？

要是他想把契約書撕毀還他，將他踢回地獄繼續當魯蛇，改和哥哥們立約怎麼辦？

托比亞斯不由得悲從中來，越想越心酸，明明不久前他還在想著要拿回契約書的，現在卻巴不得利蘭乾脆能把他的契約書藏一輩子，都不要還他了。

◇◆◇

不可能，這怎麼看都不可能。

到小學都還會因為看了聖經電影而嚇到尿床、高中輟學、萬年家裡蹲、最好的朋友還是一本日記的托比亞斯，他們白爛的小弟耶！

怎麼看，他都沒有那個能耐能釣到一個看起來這麼能幹（能幹）的人類。

看著眼前整張臉陰沉可怕的俊美人類，以及他身邊那個被他們批評到漲紅一張臉，一副快要哭出來模樣的托比亞斯，莫希流斯和馬努列斯肩並著肩，眼神交流。

雖然他們對能幹的定義不一樣，但是都有著相同的共識——他們的小弟不可能擁有這樣的人類奴隸。

也許是他們之間達成了什麼協議？

會不會是托比亞斯找了什麼魔鬼來替他施展幻術？

得了吧，托比亞斯是個沒朋友的魯蛇。

眼神交換完畢，莫希流斯和馬努列斯互相微笑，該是他們打破愚蠢謊言的時候了。

窗外天色忽然變得一片猩紅，室內的氣溫升高，莫希流斯和馬努列斯柔順的髮上燃著點點火花，他們嘴裡噴著熱氣，看起來比剛剛都還要來得雄壯威武。

「我說，人類，我們就不賣關子了，如果你真的是托比的奴隸，那麼現在就到我們的面前來，向我們下跪吧！」莫希流斯對著利蘭大喊出聲：「在偉大的地獄惡犬面前下跪，展示你的忠誠！」

地獄犬的咆哮在室內迴盪，一旁的亞契則默默從抽屜裡拿出他的英式小餅乾往嘴裡塞。

要老闆下跪？這要求太過分了吧，好精采！

他的視線放到依然端著茶壺站在托比身旁的利蘭。

那麼，老闆這邊會怎麼反應呢？

利蘭的咬肌明顯，額際的青筋彷彿要暴露出來，但還沒完全抓狂。

哦？

亞契挑眉，又看了眼旁邊一副緊張到快要吐的托比，他神情稍微放鬆了些，繼續往嘴裡塞著小餅乾，翹著小拇指喝茶。

「不下跪？那就表示托比調教你調教得不夠好啊……」莫希流斯哼聲道，眼神犀利地看向一臉心虛的托比亞斯。「或是，這根本是個騙局？」

「我、我……」托比亞斯一緊張，話都說不完整。他的視線在奸詐狡猾的兄長們臉上和利蘭那張冷峻駭人的俊臉上來回交錯。

謊言被戳破，他真的會丟臉一輩子，在家人面前永遠抬不起頭，以後逢年過撒旦節都要被親戚輪流嘲笑……為了面子他說什麼都應該要死鴨子嘴硬撐下去，死皮賴臉地要利蘭配合！

托比亞斯是這麼認為的。

可是當身旁的利蘭默不作聲地瞥了他一眼，看他什麼話也沒說就又撇過頭去時，他又覺得小心臟痛痛的……一想到要讓他這麼漂亮又這麼心高氣傲的人類下跪，托比亞斯就捨不得，他的人類還是適合一腳踩在跪著的魔鬼身上比較好看啊！

再加上這麼一跪，以利蘭這麼驕傲的個性來說，某個層面也表示他真的要丟下他改臣服於哥哥們了吧？

托比亞斯抿著嘴，面子和裡子難以抉擇，腦袋一片混亂。然而，就在利蘭真的有所動作，準備邁開步伐時，他反射性地一把抓住了對方的衣角。

「不行，不可以跪！」

利蘭又轉頭看了他一眼，綠眼裡不知道在想什麼。

托比亞斯也顧不了這麼多，他站出去護在利蘭面前說：「這是我的人類，你們不能叫他下跪！要跪我來跪吧？」

面子丟了就丟了，人類他不想丟。

「你跪幹什麼啦！」馬努列斯翻白眼。

「我們只是要讓他證明他確實是你忠心耿耿的人類奴隸啊！托比，為什麼不能讓他跪呢？」莫希流斯則從沙發上站起身來，陰影籠罩在托比亞斯頭上，壓迫又恐怖。「只是個人類奴隸，沒什麼好不下跪的吧？」

托比亞斯渾身發顫，兩兄弟裡最常搶他玩具的是馬努列斯，但他最怕的卻是大哥莫希流斯。莫希流斯是三兄弟裡最暴虐的那頭地獄犬，打起架來他會被揍慘的！

「除非……這整件事都是騙局？你在騙我們嗎，小弟？」

「不、不是。」

「你知道我最討厭人家說謊了對吧？像是偷走我的粉紅小被被拿去當抹布用，還說沒有那件事。」

「那件事我不是八百年前就道過歉了嗎！」

「你在說謊！小弟！」莫希流斯頭上燃起地獄業火，黑亮巨大的魔鬼角從額際兩側冒出。

托比亞斯猛吞口水，冷汗直流，面對莫希流斯的逼近，他將利蘭往旁邊安全的地方推開，卻沒想到另外一個卑鄙的傢伙竟然在這時取而代之。

「托比在說謊對吧？人類，你並不是他的奴隸。」馬努列斯出現在利蘭身後，他的臉湊在利蘭臉龐嗅聞。「就說怎麼可能他有這個能耐能馴服你這匹小野馬。」

「喂！不要碰……」托比亞斯話都還沒說完，莫希流斯一手按到他腦袋上。

「你先擔心你自己吧，老媽們有交代，上來人間之後由我做主，我今天還不好好教訓你。」

「痛、痛、痛！」

托比亞斯自身難保，然而另一邊的情況也沒好到哪去。

「人類，我是不知道你和托比到底有什麼協議，但用不著聽那個沒出息的魔鬼的話。」馬努列斯的手搭上利蘭的腰，往大腿內側滑。「與其跟著托比，不如跟著更強大的魔鬼吧？」

馬努列斯的雙眼閃著紅光，在利蘭耳邊呢喃細語。

「只要你願意奉獻你的肉體，我可以讓你獲得更大的滿足，何樂而不為？」魔鬼說著說著，利蘭襯衫上的釦子跟著啪啪啪地蹦開。「考慮一下，成為我的性奴隸。」

「不行！不可以！」托比亞斯大叫著，頭皮被莫希流斯抓緊緊，眼皮都往上飄了，還眼淚鼻涕直流，說有多醜就有多醜。

旁邊的亞契遮著嘴，這齣家庭八點檔大戲實在是很好看，不過他想，老闆應該也忍耐得差不多了吧？

果然，沒多久亞契就聽到他那壺從骨董店裡買來的心愛茶壺裂開的聲音。

利蘭轉過身去面對比他還要高大的馬努列斯，他抬起頭，馬努列斯的手則很不規矩地順勢捏住他的下巴。

馬努列斯低下頭，魔鬼要給予聽話的人類一吻。

「看看你這小人類長得多漂……」

只是話還沒說完，漏著熱水的茶壺就一口氣往魔鬼腦袋砸了上去。

「我多漂亮還需要你說嗎？」

利蘭的整張臉在魔鬼眼裡看起來都是黑的，只剩那雙綠色的眼珠在發光。

莫希流斯和馬努列斯都太在意他們的沒用小弟是不是真的有和人類締約這件事，卻忽略了如果他們真的有締約，那為什麼這個人類會選擇和他們沒用的小弟締約這件事……

「我多漂亮還需要你說嗎？」

熱茶壺砸在馬努列斯腦袋上，熱茶噴濺出來，陶瓷壺身跟著碎裂，但人類的動作沒有停歇，他繼續砸著魔鬼的腦袋，直到茶壺完全碎裂為止。

「這件襯衫有多貴你知道嗎？」

會選擇和托比亞斯這麼沒用的傢伙締約，本身應該腦袋就不正常吧？

莫希流斯和馬努列斯時常這麼笑鬧著，他們沒料到這種玩笑竟然有一天會成真……會和托比亞斯同流合汙的人類確實是個神經病沒錯。

「我有叫你碰我嗎？有嗎？」砸到後面利蘭已經開始改用拳頭了。「替你們倒個茶你們就當我是什麼了？別以為你們是可愛狗狗我就會饒過你們！」

可、可愛狗狗？

抓著托比亞斯腦袋的莫希流斯和托比亞斯一臉錯愕地看著人類拳拳到肉地猛揍他們的兄弟，強悍的地獄犬老二竟被人類揪著領子猛尻拳頭，一時之間無法反擊。

比起真正的地獄犬，人類可能更像地獄來的狂犬！

「人、人類！我警告你……最好馬上住、啊痛、會痛！等、等一下！不要打臉！」

馬努列斯護著自己漂亮的帥臉，人類似乎專門對著他最在乎的臉揍。

馬努列斯不懂身為性慾掌控者的自己，通常只要一個眼神施以魅惑，就能讓人類下跪膜拜，為什麼對這個人類卻一點作用也沒有？

而且人類的拳頭砸下來，力道可不是蓋的，潑灑到臉上的熱水也跟著變得灼熱刺痛。這跟馬努列斯認知裡，力氣像棉花、意志力薄如紙片的普通人類完全搭不上邊。

「人家就跟你說了等一下！」

被揍到惱怒的馬努列斯一下子噴發出大量綠焰，辦公室的窗戶爆裂，最靠近的利蘭則被一起包進燃燒的烈焰之中。

「老闆！」見狀，原本還在觀賞著八點檔大戲的亞契終於放下他的小茶點，衝出去找滅火器。

「利蘭！」看到自己的人類被烈焰焚燒，急得托比亞斯直跳腳，也顧不得自己之後是不是會被莫希流斯教訓，他撇頭猛咬了大哥的手一口，趁機從他手裡溜走。

「托比！」

「臭人類……」

馬努列斯剛從自己引發的火焰中退開，卻看到托比亞斯像是飛蛾撲火一樣撲進去找他的人類。

「那小子腦袋秀逗啦？」摀著臉的馬努列斯看著托比亞斯的黑影在火焰中竄動。

「你又不是第一天認識他。」莫希流斯看著手上的咬痕，托比亞斯不知道哪來的狗膽竟然敢咬他。他看向一旁的馬努列斯說：「你的臉被揍得好蠢，只不過是區區一個人類而已，太丟臉了。」

「你不懂，那感覺不像是個普通人類……」

馬努列斯話還沒說完，原本一路竄燒到天花板上的地獄業火忽然被一股吸力吸回了地面之下，那個本該被焚燒的人類完好無缺地出現在他們面前，只有衣角稍微燒焦。

托比亞斯正急忙用沙發上的靠枕猛拍人類。

「別擔心！人類，我會救你！再等……」

被靠枕打臉的利蘭無語，一掌直接拍掉托比亞斯手上的靠枕。

就在莫希流斯和馬努列斯以為人類也要痛扁自己的小弟一頓之際，人類卻只是一掌掐住托比亞斯的腦袋，在托比亞斯喊著「痛、痛！」的時候改成用搓的，拍拍又摸了摸魔鬼的腦袋。

那和用拳頭扁馬努列斯的力道是完全不同的，肉眼可見的偏心。

「那個人類到底在想什麼？」

「不，那根本不是人類吧……」馬努列斯摸著自己被打腫的臉。

「怎麼可能。」莫希流斯不以為然，他看向托比亞斯說：「你到底動了什麼手腳，小弟，說實話我保證揍你揍得輕一點。」

「我才沒有動什麼手腳！你、你揍我的話我就跟老爸告狀喔！」

「你別忘記你走的時候把老爸的 IKEA 餐具組全都捲走了，老爸還在生氣，哪會理你？」

利蘭看著托比亞斯和莫希流斯隔空叫囂，旁邊的馬努列斯雖然被揍成豬頭，卻還是不懷好意地盯他看，偶爾附和大哥幾句。三兄弟吵成一團，卻又在鳴著警笛的警車經過時很有默契地一同仰天長嚎……然後又繼續吵。

發現衣角微微捲起的利蘭翻了個大白眼。一整天，一整天都吵得沒完沒了。先是天使然後是魔鬼，他工作完之後連悠閒地抽根菸，在辦公室裡一邊閒閒沒事玩弄托比亞斯的屁股，一邊逛逛精品名牌的時間都沒有。

利蘭決定這一切該停止了，打擾他休息的無論是天使或魔鬼，統統該死。

啪！一聲，利蘭用力拍掌，三兄弟一下子豎起耳朵轉頭看他。

「坐下！」人類的聲音威嚴響亮。

托比亞斯原地噗通一聲坐下，馬努列斯跟著坐下，莫希流斯也……身形最巨大雄壯的魔鬼虎軀一震，冷汗流了滿身。

就差這麼一點點，他這個地獄犬家的大哥就要像他那兩個沒用的弟弟一樣跟著坐下去了。

「快起來！丟不丟臉！」莫希流斯斥責著一旁的馬努列斯。

馬努列斯臉上也都是汗，唯一一臉稀鬆平常的只有那個跪坐在利蘭身旁搖尾巴的托比亞斯。

「叫你坐下！」

馬努列斯正要起身，人類這麼威嚴地一吼，他又坐了下去，連莫希流斯都跟著膝蓋一酸，但他勉強撐住了。

托比亞斯則是猛搖尾巴，眼裡透露出的那種自己是不是做得很棒？的期待眼神是騙不了人的。

利蘭低頭望著跪坐在腳邊的托比亞斯，托比亞斯的尾巴啪啪啪地拍在他小腿上，一張哀哀的臉上都是討好的笑容。

他伸手一把捏住托比亞斯的臉皮拉扯。

「好啦，玩夠了嗎？威風逞得夠開心了嗎？」

「還沒……」

捏緊。

「夠、夠了夠了！」

托比亞斯急忙求饒，利蘭這才放開他，輕拍他被捏紅的臉頰。魔鬼馬上又對著人類一陣猛搖尾巴。

「我才要說夠了！」莫希流斯怒吼出聲，他噴出的火焰螢綠中還帶了點紅，辦公室內的某些傢俱都隨著他的怒氣而燒融。他伸出手指指著托比亞斯說：「你、你這沒有用的傢伙，你根本沒和人類締約吧？我不管你跟人類達成了什麼協議，現在不要再胡鬧了，跟我們回家！」

「有喔。」人類卻說。

利蘭從屁股口袋後方抽出一張人皮製的契約書，托比亞斯眨眨眼，原來人類一直把契約書藏在這麼垂手可得，他碰了卻可能會被一拳揍扁的地方。

「契約書在這裡，現在托比亞斯是我的東西，你們想帶回去必須先問我。」利蘭按著托比亞斯的腦袋，一臉誠懇真摯。「只是答案都會是『不』就是了。」

✧ ✦ ✧

迦南和烏列戴上墨鏡，兩隻天使坐在路邊隨便徵召來的賓士車上，一邊放著聖歌一邊跟著打節奏。

轟隆隆衝衝衝，他們現在就要出征。

替老大行教育之名，對利蘭行懲罰之實，迦南和烏列已經有了嚴密的計畫。

利蘭八成還沒注意到他們已經對於他豢養魔鬼一事動念，起了清理的決心，所以只要他們夠謹慎，趁著利蘭沒有防備心強力突襲，先斬掉魔鬼托比，就可以接著丟下還在悲痛欲絕、仰天長嘯的利蘭，用盡全力狂奔回天上先和老大告狀。

等利蘭反應過來，要追到天上時，迦南和烏列早已經說服老大，這位救世主受到人間蠱惑，不只長歪還企圖豢養魔鬼，準備像撒旦一樣行謀逆之事。

等老大處理掉利蘭，再做一個新的、正常的救世主出來，他們就又可以過回以前的生活了。

如意算盤是這麼打的，天使們很有信心。

「準備好了嗎？」當車停在利蘭的事務所下方，迦南酷酷地看向一旁的烏列。

一旁的烏列面容冷峻、一言不發地點頭，接著憑空從手心裡變出那把燃著烈焰的劍……

「哎！燙、燙死了！不是叫你不要在密閉空間內把劍拿出來嗎？」

劍的火花噴得天使們在車裡蹦跳，他們狼狽地跳下車，重新來過。

面容冷峻的烏列在空曠的場合揮舞手中燃燒烈焰的劍，堅定看向身旁的同伴說道：「準備好了，我們走。」

「GO GO GO GO！」迦南指揮著。

全然不顧路人們的目光，天使們像準備攻堅的特警一樣往大樓裡衝刺，時不時躲藏在牆後觀察情況。

除了有個人類衝下樓，發瘋似的到處喊著哪裡有滅火器之外，攻堅的過程可以說是順遂到不可思議。

或許是老大保佑吧。

來到事務所外頭的迦南和烏列不斷探頭探腦，空氣流動著一股討厭的熱氣和臭味，他們紛紛張開警戒的羽翼。

「這個味道是……」

「撒旦房間的臭味。」

事務所內還不時傳來砰、砰、砰的聲音，每次發出這種聲音，那些群聚在外面的人們就會發出奇怪的尖叫。

迦南和烏列互看一眼，有默契地點頭，看來今天發生的所有怪現象都確實和利蘭脫不了關係。

「準備好了嗎？」

「準備好了。」

烏列緊握劍柄。

「打就跑。」

「GO GO GO GO！」

◇◆◇

「托比亞斯？」莫希流斯的眼裡都在噴火，他看向自己跪在人類腳下的小弟，咬牙切齒。「為什麼人類會知道你的全名呢？你不會是蠢到自己告訴他了吧。」

托比亞斯不說話，漲紅一張臉，眼神左右飄移迴避自己的大哥。

「老媽們會殺了你的！」

「我又不是故意的！撒旦就說名字很重要啊！」

「撒旦說名字很重要是叫你把名字藏好，不是叫你隨便告訴別人！」

莫希流斯簡直要抓狂了，他知道自己的小弟蠢，但沒想到蠢成這樣。看向旁邊玩著指甲一副沒自己事的人類，莫希流斯就火冒三丈，要不是人類擋在那裡，他一定會一拳往托比亞斯腦袋上打下去。

「我就說很奇怪，托比亞斯怎麼可能奴役得了這種人類。」有莫希流斯站在前面擋著，馬努列斯也終於能站起來了。「原來是老早被知道全名啦，一定是契約書上亂寫的吧？」

莫希流斯瞪大眼看向自己的小弟。抿著嘴唇不說話的托比亞斯一張臉漲成豬肝色，明顯被猜中所有經歷過程。

「這就是你現在會變成這樣的原因嗎？人類把你變成了他的奴隸？」莫希流斯氣到臉冒青筋。

他們這趟上來除了戳破小弟的謊言之外，另一個任務是把他帶回家給老媽們揍，結果現在跟他們說小弟是真的有和惡神父訂契約，還訂到把自己都賣了？

想想老媽們知道了會有多生氣，一定連他們都一起遷怒。

「也、也不完全是這樣啦，我們應該不算是主人奴隸……」

主人與狗可能比較恰當。

「總之，托比亞斯現在是我的，不能還你，有聽清楚嗎？」利蘭將托比亞斯從地上抓起，攬在懷裡，像個攬著心愛玩具的驕縱孩子。

「別開玩笑了人類，那種契約根本不能算數！」莫希流斯指著利蘭發怒，馬努列斯在大哥身後跟著叫囂。莫希流斯看向托比亞斯說：「撕毀那張契約書，然後跟我回家！老媽們還在準備找你算帳，少害我們受到波及。」

「呃，這、這不是說撕毀就能撕毀吧？」托比亞斯看著利蘭手上的契約書，幾乎是手一伸就能從人類手裡搶過來，然後撕成碎片。

魔鬼嘛，沒什麼誠信可言，契約書這種東西哪有不能說撕毀就撕毀的。

托比亞斯瞅了利蘭好幾眼，利蘭也大方地望著他，契約書拿在手上對他沒有絲毫提防，但被利蘭圈在懷裡是這麼舒服，更別提只要他要求，人類就會給他好吃的東西吃……說到底，托比亞斯根本也沒有那麼想拿回契約書。

看小弟遲遲沒有動靜，莫希流斯發出怒吼，業火竄天。

「托比亞斯！」

「這、這是我訂的契約，我想回家的時候就會回家！」

「沒有要讓你回家喔。」利蘭在旁邊咕噥。

「總之我已經是隻能夠獨當一面的地獄犬了，我跟誰訂契約、怎麼生活，都是我的事情吧？」托比亞斯自顧自說著。

「是喔，也算我的事。」利蘭的手掌搭到托比亞斯腦袋上，人仗狗勢。

「算了算了！」馬努列斯先崩潰，他對莫希流斯說：「跟蠢蛋和流氓是沒辦法溝通的，我們直接硬幹吧？」

「你把托比亞斯抓回去地獄，我負責對付神父和撕毀契約書。」莫希流斯的鼻間噴著熱氣，兄弟倆的雙眸泛起紅光，凶惡地咧著嘴皮露出銳利的牙齒。

知道兄弟們是來真的，自己大概會被海扁一頓的托比亞斯怕歸怕，卻還是勉強自己對著他們咧起嘴皮來。

從小到大每次都被兄弟們欺負、被搶玩具，但這次事關他的人類，所以說什麼也不能退讓。

然而他的人類還看著他在笑。

「你、你在笑什麼？」托比亞斯不解地問著破壞這熱血氣氛的人類。

「真的好像吉娃娃啊。」

「啊？」

「沒什麼。」利蘭放下托比亞斯，摺好他的契約書放回屁股口袋內。他舒展鬆弛筋骨，撈起袖子，摩拳擦掌。最後，他轉頭看了魔鬼一眼說：「在我屁股後面跟好喔，晚點給你好吃的東西吃。」

托比亞斯知道現在好像不是時候，但那個心臟揪了一下的蹦跳感讓他忍不住捧胸。

相較之下，另一邊的兩隻魔鬼則因為那種散逸出來的粉紅臭酸味皺起眉頭。

沒救了，他們的小弟沒救了。

◇◆◇

「打就跑。」

「GO GO GO GO！」

迦南和烏列張開他們神聖的翅膀，聖光從天而降，伴隨著聖劍上的烈焰燃燒，他們看上去已是勝券在握。

迦南撲倒利蘭轉移注意力，烏列一劍劈下將托比劈成兩半，火燒魔鬼。原本是打著這個如意算盤的，然而……

迦南和烏列衝進去辦公室時，見到的卻不是驚慌的利蘭和邪惡的魔鬼，或應該說是相反，他們見到的是邪惡的利蘭和驚慌的魔鬼。

而且不只一隻魔鬼。

利蘭的辦公室內一片混亂，空氣裡都是燒焦的氣味，漆黑扭曲的家具上都還殘存綠色的地獄業火。

「我說了我還不想回家！」那個他們準備討伐的紅髮魔鬼正被另一隻魔鬼壓在地上痛毆……不過與其說是痛毆，更像是小孩打架，因為對方正用力扯著他的內褲往上拉。

「哇！很痛、很痛耶！」

至於利蘭，他正忙著對付另一隻魔鬼。

無畏體型的差距，人類用手臂勒住魔鬼的脖子，將魔鬼強壓在地，然後一拳又一拳往魔鬼臉上揍。就像殺紅了眼似的，人類默不作聲，冷著一張臉將魔鬼往地獄裡揍，血濺到臉上都不在乎。

被狂揍的魔鬼試圖噴出火焰燒融利蘭，但紅髮魔鬼卻像條蚯蚓一樣擺脫束縛扭動過來，張嘴大口一吸，吸掉另一隻魔鬼的火焰。

「很噁心耶你！不要吸人家吐出來的東西。」

「那你們就不要燒我的人類！」

然後魔鬼們又會像孩子一樣吵鬧，情況極其混亂。

「你沒有告訴我這裡有三隻魔鬼。」烏列說。

「我又不知道這裡有三隻魔鬼。」迦南說。

天使們面面相覷，紛紛聳肩。雖然不知道是怎麼回事，但左思右想，三隻魔鬼加上一人抵三隻魔鬼的利蘭？似乎來日再戰對他們來說比較有利。

正要準備撤退，烏列手上的劍卻揮倒了一旁的花瓶，啪地一聲，巨響讓天使們的翅膀跟著啪地打開，而打得正火熱的魔鬼們則紛紛轉過頭來。

空氣一瞬間像是凝滯了一樣，天使們和魔鬼們面面相覷。

「天使！這裡有天使！」馬努列斯率先大聲尖叫起來。

莫希流斯則第一時間掙脫利蘭的箝制，他和馬努列斯站在房間的另一端，惡狠狠地瞪著前來的天使們，氣氛頓時劍拔弩張。

「為什麼這裡會有天使？」莫希流斯抹掉臉上的血漬，摀著腫脹的臉和魔鬼角，看向一臉沒事般從地上站起的利蘭，人類似乎完全不訝異。

有種很不好的預感在莫希流斯的心裡形成，他指著利蘭問：「你到底是什麼人？」

「能召喚天使的還能是什麼人？」利蘭拍了拍身上的灰塵，對還在整理內褲和褲子的托比亞斯勾勾手指，魔鬼馬上就回到他的身邊。「耶穌基督嘍。」

聽到耶穌基督這四個字，托比亞斯又開始哈哈大笑，莫希流斯和馬努列斯的臉卻一下子垮了下來。在托比亞斯不會去看的魔鬼夜報裡，曾經有幾篇社論是這麼說的：惡神父也許有著大家完全想像不到的特殊身分。

耶穌基督是其中一項特別熱門的猜測。

莫希流斯和馬努列斯曾經也覺得這陰謀論很好笑，直到他們親眼見識手無寸鐵的人類是怎麼輕而易舉將他們毆打在地，把普通的茶水變得像聖水一樣滾燙。

現在呢，他還召喚來了兩隻天使。

「是吧？迦南大人、烏列大人。」利蘭忽然轉頭望向僵在原地的烏列和迦南，他笑咪咪地，對待他們的態度從沒這麼好過。

被點名的迦南和烏列翅膀一凜，臉色僵硬地轉頭看向利蘭。

「看到我遇難，受魔鬼折磨，所以就來幫助我了，對嗎？」利蘭笑著說道。

那笑容真是笑得天使們心裡發寒。

「呃，是、是？」被這麼一問，他們此時怎樣也說不出口本來是想斬魔鬼，順便解決利蘭的吧？

這件事要是傳到天上去，一個不小心，到時候下地獄的會是他倆。

「我們只是想把我們的小弟帶回地獄裡去而已，不要插手，天使們！」莫希流斯說道。他們不知道天使究竟有多強大，也許那把燃燒著聖焰的劍會把他們都劈開。

「我們沒有要插手！」迦南和烏列同聲喊道。烏列手上的聖劍只是燃燒好看的，對付軟弱的紅髮魔鬼還行，拿來對付眼前這兩個一看就是地獄裡 TOP 級的魔鬼，恐怕很快會變成一根牙籤而已。

再說，魔鬼們要把紅髮魔鬼帶回去？天使們一下子樂了，這樣不是剛剛好嗎？他們也不用勞師動眾。

「你們就帶……」

「天使們是不會與魔鬼同流合汙的。」

在天使們大聲喊出「你們就帶回去吧！」之前，利蘭搶先一步說話。他看著魔鬼們，信誓旦旦地替天使們發言。

「天使們是父親的奴僕，為父親服務，怎麼可能聽信魔鬼的話與魔鬼合作。」利蘭面不改色，義正辭嚴地說著。

迦南和烏列看著這樣的利蘭，瞪大的眼神裡只透露著一句：WHYYYYYY？

但利蘭像是要折磨他們一樣，自顧自地繼續說著：「我是不會讓托比亞斯回去的，他在我身邊由我管教會活得比在地獄好，天使們也知道，所以他們是不可能讓你們把他帶回去，讓你們有機會共同作惡的。」

上帝啊，看看您捏出來的是怎樣的東西？

看著滔滔不絕，幾乎能把死人說成活人的利蘭，天使們半句話也插不上。雖然很想反駁，但天使和魔鬼之間的關係確實敏感，能避嫌就要盡量避嫌，不然很容易被誤會是撒旦那一夥的人。

「是吧？天使大人們。」利蘭看著他們，尊敬地笑瞇雙眼。

迦南求助地看向緊握劍柄的烏列，但硬漢如烏列此刻看起來都快要哭出來了。

「是、是……」實在是說不出實話。

「所以你們的意思是，我們現在勢必要打上一場？」魔鬼們質問著眼前的天使。

「看、看來好像是如此。」天使們回應。

雙方無語凝望，實在不懂事情怎麼會變成這樣，他們現在是要為一隻臉長得很倒楣的地獄犬打一場不必要的腥風血雨的架嗎？

魔鬼們熱汗直冒，天使們冷汗直冒，雙方都沒有勇氣先跨出第一步。

利蘭在中間看著，嘴角越揚越高，這時候再來根菸就完美了。

說時遲那時快，托比亞斯不知道從哪裡摸出香菸來（他似乎在口袋裡藏了一堆），嫻熟地放到他嘴唇上，然後點燃。

利蘭深深吸了口菸，看向耷拉著耳朵腦袋的托比亞斯，被天使和地獄犬們搞出來的怒氣一下子平復不少，胸腔隨著香菸的熱氣變得舒緩。

「對不起啊為難你了，但可以的話能叫天使不要殺我兄弟們嗎？他們爛歸爛，但畢竟還是我的兄弟……」托比亞斯低頭扭著手指，一臉不好意思。

利蘭用手指摩蹭著托比亞斯的髮鬢，看著還在對峙的天使和魔鬼，將菸從嘴上拿下說道：「這點你倒是不用太擔心。」

「來啊！」天使們喊著。

「來啊！」地獄犬們也喊著。

沒有一方移動。

「你們倒是快動啊。」利蘭發出銀鈴般的笑聲。

天使與魔鬼的大戰一觸即發……

但將近五分鐘過去，他們連碰都沒有碰到。利蘭看著自己的指甲，剛剛揍魔鬼時有了小分岔，他該去美甲了。

旁邊的托比亞斯緊張得直咬指甲，不懂為什麼利蘭如此愜意。

魔鬼們則互相使眼色：打嗎？還是逃跑？

天使們也在互相使眼色：果然還是該逃跑吧？

「如何，決定好下一步了嗎？」利蘭出聲，打破他們的無限沉默，天使和魔鬼同時瞪向他，好像他多管閒事一樣。

莫希流斯和馬努列斯互看對方，兩隻天使就夠棘手了，再加上一個殘暴的耶穌基督……人間不是他們的地盤，這場仗的勝算很低。

可是不把托比亞斯帶回家的話，他們要面對的又是另外一場硬仗。

地獄犬們面臨兩難，直到莫希流斯忽然有了一個危險的想法。他看向馬努列斯，低頭又和弟弟咬了一下耳朵，明顯在策劃什麼。

見狀，天使們準備逃跑，利蘭則舒活筋骨。

「好，我們回去。」莫希流斯轉過頭來，忽然示軟。

沒料到事情走向這麼輕鬆的天使們當然是喜聞樂見。

「哈、哈是嗎？如果你們願意乖乖回去，本著愛與慈悲，我們當然願意饒恕你們一命。」

魔鬼們沒有回答，腳下只是默默地燃起綠色的火焰。

「你們真的要回去了？」托比亞斯也沒料到事情竟然如此輕易就能解決，他笑逐顏開，上前和兄弟們揮手。「記得幫我跟老爸說聲抱歉，我賺到零用錢之後會買 IKEA 餐具組還他的！」

魔鬼們依舊沒有說話，腳下的綠焰忽然熊熊燃燒，連整棟樓都在震動。

利蘭察覺事態不對，第一時間伸手拉扯托比亞斯的後領，魔鬼們的業火卻一同往他身上燒來。利蘭看向逐漸往下沉的魔鬼們，魔鬼們的表情恢復成先前那副挑釁的姿態。

「在你們的地盤不能解決，不如就去我們的吧？」莫希流斯和馬努列斯嘻嘻笑著。

「喂！等等，不是說好了你們自己回去嗎？」托比亞斯大喊著，卻沒有用。

隨著下沉，他們的身軀變得更加恐怖巨大，伸手就拉扯住托比亞斯和利蘭，連拖帶拉地將他們強制往地獄裡拖。

「喂、喂！快跑！」連天使也無法倖免。

聖潔與純淨的靈魂到地獄之後就會變得連屁也不是。莫希流斯和馬努列斯嘻嘻笑地想著，他們要帶著人類和天使墮落，到時候人類就真的必須向他們下跪，就算是耶穌基督也是。

然而在下到地獄前的那一刻，利蘭露出的笑容卻讓莫希流斯和馬努列斯不寒而慄。

第二十二章

完美結局

圍著圍裙的加姆往餐桌上鋪餐巾紙，擺好他新買的 IKEA 餐具。哼著歌旋轉一圈，上半身靠在廚房中島上欣賞著窗外宜人的氣候，外頭的人類靈魂啊啊啊地慘叫著，業火和酸雨燒融著殘破的草皮，天上掛著大大的金屬彩虹。

沒有孩子在家，一切是這麼舒服自在。

「翹著屁股想勾引誰呢？」地獄三頭犬絲蘿們從加姆身後經過，一巴掌拍在老公的翹臀上。

夫妻倆相視而笑，在廚房裡打情罵俏，一切是這麼怡然自得。

誰都沒有發現外頭紅色的天空開始變得光明而晴朗，魔鬼們沉浸在夫和妻妻妻的甜蜜世界裡，一直到餐桌和家具開始鏗啷匡鏘地震動起來，加姆收藏的狗狗系列馬克杯還整排整排往下掉為止。

不知道是哪個笨蛋小孩要回家，卻打開了這麼大的召喚陣。

轟隆隆地，房內像有龍捲風一樣，風大得把所有餐具、廚具全都颳起，在空中旋轉摔裂。

「啊啊啊我新買的 IKEA 系列餐具組！」加姆失聲尖叫。

「給老娘把召喚陣關小一點！」

「你們在做什麼？」

「哪個白痴小孩！」

絲蘿們的三顆頭同時喊著。

咚地一下從召喚陣裡率先掉出來的，是他們家本該最沉穩的老大莫希流斯。莫希流斯的俊臉鼻青臉腫，大概從小學和同學打過架之後就再也沒這麼狼狽過。

第二個掉下來的馬努列斯更慘，半張臉腫的，頭髮凌亂被人用力扯過，一直哀號著痛。

至於第三個掉下來的，竟然是那個逃家消失了好幾天，卻毫髮無傷的托比亞斯。

「托比！」

「你去哪裡了！臭小子！」

「聽說你在和那個惡神父混是真的嗎？」

加姆和絲蘿們兩隻魔鬼四顆頭急忙追問，托比亞斯卻還一臉搞不清楚狀況地盯著召喚陣看。他們跟著往上看去，卻發現似乎還有東西要下來。

兩隻白白的東西先下來了，很迷你，長著翅膀，動如閃電。

他們互相望著對方，驚聲尖叫，聲音像花栗鼠：「啊！你怎麼變這樣？」「我們下地獄了！我們下地獄了！」

加姆隨後跟著尖叫起來：「是天使！是天使！家裡出現天使了，快拿拖鞋！」

「怎麼會有天使！」

「是誰把天使帶回來的？」

「呀啊！好噁心！好噁心！他們飛起來了！」

魔鬼們驚聲尖叫，迷你版的天使們則在空中盤旋，急忙想往上飛回人間去。加姆拿著拖鞋正準備和他們戰鬥，莫希流斯和馬努列斯卻率先擋在前方。

看到原本在人間作威作福的天使們變成這副可笑的模樣，一掌就可以打扁，莫希流斯和馬努列斯就知道他們做對了。

「哈哈哈哈！越純淨的靈魂在地獄裡會變得越虛弱不堪。」莫希流斯對著那個遲遲拉不下來的靈魂嗆聲著。「一旦到了我們的地盤，就算是耶穌基督也只能跪舔魔鬼的腳趾。」

「這到底是怎麼回事！」搞不清楚狀況的絲蘿們只想抄起平底鍋給她的每個孩子用力往腦袋上敲下去。

「那個拐走托比亞斯的惡神父啊！老媽們！」

「我們抓到他了！等等就叫他和托比亞斯跪著跟你們解釋！」

莫希流斯和馬努列斯和老媽們邀功，老媽們則是一頭霧水，只有托比亞斯還傻傻地望著天花板看。

終於，有東西逐漸被拖下來。

莫希流斯和馬努列斯張狂地笑著，直到那東西被越拖越下來，他們的笑容才漸漸僵住，和母親一起，臉色變得逐漸鐵青。

魔鬼們拖下來的，並不是什麼虛弱不堪的純淨靈魂。

仔細一想，會和魔鬼簽訂契約的耶穌基督，到底哪裡會純淨呢？

托比亞斯原本打算等利蘭被拖下來，他就要立刻帶著可憐的人類逃跑。

這一切都是他的錯，他自己沒用被欺負就算了，總不能讓人類也跟著他一起被欺負。

可是要對付莫希流斯和馬努列斯就算了，和真正萬年地獄犬的老爸和老媽們對槓？這真的不是撒撒嬌或耍耍賴就能度過的一關。

如果沒辦法順利帶人類逃跑，也許他就要和人類一起殉情了。連犧牲的準備都已經做好了，托比亞斯卻怎麼樣也沒想過，利蘭被拖到地獄，出現的會是這副場景。

廚房裡依然凌亂不堪，但召喚陣和狂風閃電已經停止，地獄犬一家人團團圍坐在餐桌旁，像是要用餐前的寧靜和平。

不過仔細觀察就會發現，平常囂張的莫希流斯和馬努列斯正乖乖坐在位置上縮著腦袋，而老爸老媽們的臉色則鐵青到不能再鐵青。

要不是地獄裡沒有警察，他們可能會想立刻衝去報警。

托比亞斯也坐在平常坐的位置上，變成了迷你蟑……迷你天使的迦南和烏列被裝在密封的玻璃罐裡，而某個東西正拿著玻璃罐上下搖晃，玩弄著天使們。

托比亞斯轉頭看向坐在身旁的某個東西……利蘭。

這已經不是利蘭了吧？托比亞斯心想，臉色都跟著鐵青起來。

脫離俊美的人類軀殼，此刻坐在托比亞斯身旁的是一團漆黑巨大的身影，那身影龐大到幾乎頂到天花板，邊緣像團燃燒的黑色火焰。他沒有五官，只有一雙發綠的眼。

這就是為什麼他當初咬了一口利蘭的靈魂會這麼難吃的原因？托比亞斯在黑影身邊抖呀抖的，直到對方玩膩了天使。

那團黑影……或者該說是利蘭，看向了一旁的托比亞斯。他舉起手，巨大的手指沉甸甸地壓在托比亞斯腦袋上。

有一瞬間，托比亞斯只想著自己會不會被捏死，但那隻手指只是撓撓他的腦袋，然後掐掐他的臉。

「原來你在地獄裡長這樣啊，看起來還是很蠢呢。」利蘭的聲音。

聽到熟悉的聲音，托比亞斯的尾巴咻咻咻地搖晃起來。

「慢著，這到底是怎麼回事！」看著那團莫名出現的恐怖黑影用手指撓著托比亞斯，絲蘿們終於坐不住了，一掌拍到餐桌上，三顆頭紛紛探出。

黑影看向絲蘿們，他微微轉動身軀，房子跟著崩裂震顫。

「大家冷靜、冷靜點。」最在意家裡裝潢的加姆急忙勸和。

「這就是老媽和老爸？」利蘭詢問托比亞斯，托比亞斯點了點頭。

「我不知道你到底是什麼東西，但你不能這樣忽然帶著天使出現在別人家裡！」負責談話的克絲蘿說。

「對。」比絲蘿附議。

「帥又威猛也不行！」帕絲蘿也附議，但被另外兩顆頭瞪了。

「是您先讓另外兩個混蛋兒子找上門的吧？」利蘭說，綠色的眼睛在黑影裡閃現，連眨都不眨。

「我們只是擔心托比是不是被人拐騙奴役了。」

「你在上面的名聲又不好。」

「不要以為帥就可以為所欲為。」兩顆頭再次瞪向帕絲蘿，先不論帕絲蘿的品味如何，她們決定禁言帕絲蘿。

「托比看起來像被拐騙奴役了嗎？」利蘭問。

絲蘿們看向坐在一旁的托比亞斯，托比亞斯的確一副吃好穿暖面色紅潤的模樣，以前都藏在頭髮裡的魔鬼角竟然還長了一點點出來。

「別聽他的老媽！」馬努列斯說。

「那傢伙有托比的契約書，上面訂了亂七八糟的規定，他還知道托比亞斯的全名！」莫希流斯說。

「托比！你果然亂訂契約書了對嗎？」絲蘿們簡直要抓狂了。

「一、一開始確實是這樣，但妳們聽我說！我和利蘭現在……」托比亞斯吞了口唾沫，因為老媽們的視線像那些被送進地獄的嚴厲亞洲父母。

他垂著耳朵，以前的他大概老早就躲回房間裡逃避一切了，但現在利蘭就陪在旁邊（而且掐著他的腦袋不放），所以他知道這次不用逃了。

托比亞斯把話說完：「現在很好！我已經是可以獨當一面的魔鬼了，這個人類和我訂了契約，現在是我在保護的，所以、所以請成全我們吧！」

「成全什麼啦！你才多大而已，你繼續在人間會被這壞蛋吃掉的！」克絲蘿的理智線要斷了。

「真是的，都是帕絲蘿當初餵奶不小心摔到托比腦袋的錯。」比絲蘿怪起了帕絲蘿。

帕絲蘿被禁言，但當年確實是她為了看窗外的松鼠失手摔到托比亞斯的腦袋。

「我已經成年了！我可以的！」

「你……」

在絲蘿們繼續和托比亞斯吵下去之前，利蘭輕輕咳了兩聲，房屋一陣晃動，有一道明顯的裂痕從牆壁裂到天花板上。

「不要吵、不要吵了！」加姆激動地尖叫起來，阻止老婆繼續和孩子吵架。

「你、你到底是什麼東西？」連家裡最凶悍的一家之主克絲蘿都忍不住抬頭詢問，在莫希流斯和馬努列斯偷偷和她們咬耳根子後，她的臉色更是難看到不行。

「耶穌基督啊……您想這麼說吧，對不對？」

黑影沒有五官，但任誰都看得出來他在笑。

「這種時候還是別開玩笑了吧。」

托比亞斯一臉尷尬地在利蘭耳邊悄悄耳語，利蘭沒有理會他。

絲蘿們的凶惡氣勢倒是稍微消退了點。

「你到底想怎麼樣？難不成這一切是為了討伐地獄？」克絲蘿甚至配合起利蘭的玩笑，開始了一連串的陰謀論：「利用托比，讓你可以帶著兩隻天使下來，準備毀滅整個地獄？」

瓶子裡的天使們開始猛揮手猛搖頭否認，但無人理會。

托比亞斯都不知道大家居然對利蘭的玩笑這麼配合。

「您想太多了，還有別忘了我和托比待在上面好好的，是您的兒子們把我們硬拖下來的。」利蘭說。

「那麼到底為什麼？」

「為什麼嘛……」黑色的靈魂思考了一下，他說：「當初是為了方便工作，想要隻像您一樣的凶惡魔鬼來幫忙呢。」

「那就更不該是托比亞斯。」

好失禮耶，老媽！托比亞斯都要氣哭了，身旁的黑影卻籠罩在他身上，就好像利蘭平時會整個人壓在他身上一樣。

「但後來我發現我不需要一隻凶惡的魔鬼。」利蘭說，他發出笑聲，托比亞斯可以感覺到黑色的形體在震動。「我只需要一隻會在我很煩的時候主動幫我點上一根菸的狗，就這麼簡單而已。」

「是我！是我對嗎？我符合這個資格。」托比亞斯第一次這麼快意識過來。

「是喔。」黑影說。

「嘻嘻。」托比亞斯一下子笑開花來。

被晾在一旁的其餘地獄犬們看著眼前的這一幕，都不知道該說什麼了。克絲蘿頭大到不行，她揉著自己的太陽穴，實在不懂自己最愚蠢的那個小兒子怎麼會去攤上這種事情。

「這種事情誰都可以做吧，就不能把托比還給我們嗎？你可以去選任何一隻更強更聽話的魔鬼。」克絲蘿還在試圖討價還價。

「不行吧！不行！」換托比亞斯緊張了，抓著身旁的黑影不放。

「沒有興趣呢。」利蘭也說。

「我怎麼知道『你們』或『祂』會不會對托比做什麼？」克絲蘿的視線看向罐子裡的天使，又看向利蘭，這是她最擔心的事情。「或許你現在因為托比笨，覺得很好玩，但也許哪天你膩了，不想玩了，就會讓托比直接被你或天使們焚燒掉，誰知道呢？」

黑色團塊移動，房子轟隆轟隆響，加姆真擔心自己心愛的地獄犬之家會整個裂開。

「什麼？現在是怎樣？天怎麼忽然黑了。」

利蘭整團籠罩在托比亞斯身上，就像摀住他的整張臉一樣，沒讓他聽見他老媽們的質疑。

黑色的團塊不規則地動著，只有那雙亮綠色的眼睛在裡頭閃爍。克絲蘿以為自己說動了對方，一張紙卻從黑色的團塊中被吐出來，隨著空氣飄落在她面前。

「如果哪天魔鬼托比亞斯被驅逐，他將可以帶著我的靈魂重返地獄。」利蘭說。

克絲蘿看著眼前被塗塗改改、字跡很醜，又被漂亮字跡重新加註過的人皮紙，上面大大方方在姓名那一欄寫著托比亞斯四個大字——那正是托比亞斯的契約書。

契約書的最下方隨著利蘭剛剛說的話，出現了一條無法塗改的新規定。

人類竟然自投羅網。

罐子裡的天使們在尖叫，對著利蘭大喊，但利蘭根本不在乎，他用力搖晃罐子後又放下。

「耶穌基督啊！你到底在想什麼？」克絲蘿頭大，耶穌基督完全沒有要把她的孩子還給她的意思，真是瘋子，她無法理解。

這是上面的那個混蛋的什麼惡劣玩笑嗎？

「托比亞斯只是隻小地獄犬而已，他連自己去銀行辦事可能都會出問題，你確定嗎？」連加姆都忍不住插話。

黑影卻完全靠在托比亞斯身上，然後用他沒有形體的手（？）來回撓著托比亞斯的下巴。

「我很確定，我會每天都把他餵得飽飽的，養他的魔鬼角，讓他睡好穿暖，誰欺負他我就扁誰……雖然不是很願意，但如果你們擔心的話，我可以定期讓他回來給你們看看。」利蘭說，語氣裡沒有絲毫不誠懇，還特地加重咬字地說了：「父親大人、母親大人們。」

絲蘿們和加姆明明是在地獄，在自己的地盤，卻忍不住狠狠打了個冷顫。這個稱呼他們可是擔當不起。

「你還沒回答我，到底為什麼？」克絲蘿追問。

黑影晃了晃，彷彿在思考答案。

「不知道，可能是因為很喜歡吧。」利蘭說得這麼稀鬆平常，全場譁然，只有托比亞斯還搞不清楚狀況。「他的契約書自己跑到我面前，讓我撿到，我召喚他，發現我很喜歡，所以我簽了約，在他脖子上套項圈，決定他一輩子都必須是我的，就這麼簡單而已。」

利蘭幾乎包覆著托比亞斯，占有慾強烈。

絲蘿們的三顆頭就只有生性浪漫的比絲蘿在掩嘴點頭，其他兩顆一個心不在焉，一個一副被打敗了的頹喪模樣。

再怎麼說，她們也不可能和這位瘋子基督對槓，看來托比亞斯是要不回來了……

克絲蘿嘆息，沒多說什麼，將那張契約書退回給利蘭，而利蘭也終於肯從托比亞斯身上坐回原位。

「我、我說老媽啊！妳就相信我一次，我表現很好，利蘭不需要其他更強大的魔鬼，妳就讓我待在人間嘛！」重見光明的托比亞斯還在試圖說服老媽們。

克絲蘿看著自己愚蠢的小兒子再次嘆息，某方面來說，托比亞斯確實是辦到了其他魔鬼所不能辦到的事。

那個托比亞斯，魔鬼角都還沒長出來的小托比亞斯，居然牢牢抓住了一個瘋狂的耶穌基督，誰能想到呢？

「我跟你保證我在人間一定會更有作為……」

「好吧，隨便你。」

「老媽啊啊啊……咦？咦？真的嗎？」托比亞斯嚎到一半才發現老媽答應了。

「老媽！」換莫希流斯和馬努列斯在叫。

「你們有意見？那你們去對付那個耶穌基督啊。」克絲蘿一句話讓莫希流斯和馬努列斯一秒閉嘴，她再次看向利蘭。「聽好，我還是有幾個條件。」

「請說，母親大人。」

「第一……不要叫我母親大人。」

「可以。」

「第二，必須定期拍照回來給我確認他的安全。」

「沒有問題。」

「第三，地獄犬的牙齒健康很重要，要監督他……」

「早晚兩次，三餐和點心飯後，已經有注意了。」

「還有……」

旁邊的加姆拉了拉老婆的衣角。

「還有需要賠償我老公的 IKEA 系列餐具組。」

「我加碼送床具組吧？」

加姆眼睛都亮了，他羞怯掩嘴點頭，利蘭忽然又多獲得了父親大人的認可。

「最後……這東西你打算怎麼辦？」克絲蘿指著桌上的天使們。

「我會帶回去好好『處理』，這次我們應該能談個更好的條件。」黑色團塊那雙綠色的眼睛盯著玻璃瓶內的兩隻天使，眼神彷彿在笑。「再說，我還需要他們去跟上面那位說點甜言蜜語，告訴祂現在天上、人間、地獄一切安好。」

天使們在罐子裡瘋狂搖頭，用手比著叉叉。

「又或者……放在這裡麻煩您直接噴殺蟲劑，然後沖進馬桶裡吧？」利蘭又說。

在克絲蘿回應之前，天使們開始跳腳、大喊、經歷憤怒懼怕悲傷三部曲，最後再跪地求饒。

事情就這麼談定了。

◇◆◇

人間的街道上恢復了往常的寧靜，雖然偶爾還是會有消防車、警車喔咿喔咿、猛犬們一同嚎叫的聲音出現，對著鴿子講話的怪人也還是不時會出現在路上，不過相較於前一陣子，倒是真的平靜許多。

旭日升起，天使們站在街道上，沐浴於陽光之下，俊臉上還殘留著一些粉餅蓋不掉的瘀青。他們張開手臂，呼吸被排放過廢氣之後的新鮮空氣。能存活下來真是一件很好的事。

這時，一隻白色的鴿子隨著一道光降落在他們面前，就停在路邊的欄杆上。

迦南和烏列見狀立刻單膝下跪，無視路人們的目光，他們對著鴿子行禮。

鴿子轉動著腦袋，咕咕咕。

「請不用擔心，目前一切安好。」迦南說，烏列在一旁點頭。

咕，咕咕，咕咕咕。

「利、利蘭也很好啊！聽話……聽話到不行，他最近正致力於投身奉獻在拯救世人的任務上。」

咕咕？

「不！請您放心，不用特地下來一趟，這裡由我們守護著，我們會繼續觀察一切，有問題隨時都會向您匯報。」

咕的、咕的。

「是、是，謝謝您的誇獎。」

咕咕？

「臉上的傷嗎？和人間那些遊走的邪惡搏鬥時弄傷的呢，小傷而已，請別擔心。」

迦南和烏列乾笑著。

鴿子盯著他們，他們盯著鴿子，路人罵了一句神經病，鴿子則是咕咕咕高喊幾聲，頭頂上的聖光像盞燈一樣滅掉了。

鴿子飛走，只留下一坨鳥屎。

迦南和烏列這才起身，他們看向對方，長長地嘆了口氣。

手機這時傳來聲響，迦南滑開手機。

人間那些遊走的邪惡：辦好了？

迦南^^：辦好了！快把那些照片刪掉！刪掉！

人間那些遊走的邪惡：不要再沒事來打擾我和托比。

迦南^^：不會了不會了，真的QQ

人間那些遊走的邪惡：以後案件我都要收錢抽成。

迦南^^：怎麼可以收錢抽成，你是耶穌基督耶。

人間那些遊走的邪惡：我會收買那些鴿子，把所有照片印成賀卡和年曆，全部送到天上去。

迦南^^：五五分成可以嗎，大哥？

人間那些遊走的邪惡：八二，我八你二。

「不要哭，你哭我會跟著哭。」烏列對著正在用手機打字，扁著嘴又熱淚盈眶的迦南說。

「好過分真的好過分，這份工作真是爛死了，我寧願去隔壁麥當勞打工。」迦南吸吸鼻水，不爭氣地哭了。

烏列接過手機，抹掉眼裡的淚水，替他回應。

迦南^^：好的好的，大哥您說的都是。

「等利蘭把照片刪掉，我們一定要另外找機會復仇。」迦南握拳，哭得鼻水都流出來。

「好！」烏列跟著握拳。

天使們雙手交疊，大喊：「加油！加油！加油！」

一旁的鴿群被嚇到咕咕咕咕地飛走了。

◇　◆　◇

利蘭滑掉手上幾張迷你天使們被關在玻璃罐裡、被抓出來五花大綁當溜溜球一樣甩來甩去，和被魔鬼拿拖鞋追打著的照片。

他越看越嫌棄，不過照片當然沒有刪掉，另外備份存到雲端去了。

事實上，他還影印了幾疊出來。

整理著手裡的照片，利蘭忽然注意到放在桌上的日記本。

從地獄裡把托比亞斯帶回來之前，托比亞斯堅持要帶著他的好朋友一起上來。利蘭本來不太高興，他不需要托比亞斯之外的其他魔鬼，不過當他發現托比亞斯所謂的「最好的朋友」是一本日記之後，他的不悅轉為了同情。

再說，桃樂絲是個意外有趣的女人……或該說母日記本？

桌上的日記本忽然張開眼，搧搧她長長的眼睫毛，對他眨眨眼睛，然後像伸懶腰一樣張開身體。

空白的頁面忽然浮出一支小雨傘，小雨傘下面寫著利蘭和托比亞斯的名字，然後很多愛心冒出來，頁面上的那顆眼睛則彎彎的，她沒有嘴巴，你都可以感覺到她在姨母笑。

有趣歸有趣，但還是滿噁心的。

「這幾張送妳吧。」利蘭將天使的幾張醜照塞進桃樂絲的頁面之間。

桃樂絲翻著頁，像在品嚐那些照片，然後她又露出那種彎彎的笑眼，好像很滿意，於是又開始往前翻頁，翻到托比亞斯之前的日記。

她讓利蘭閱讀了托比亞斯先前被送回去地獄那幾天的日記。

看著一堆從假裝很高興的狂言，再到埋怨人類都丟下他不管嗚嗚嗚嗚的該該叫——

利蘭將桃樂絲捧起來好好閱讀，而桃樂絲又配合地將日記翻到更之前，托比亞斯小學四年級寫的《我想成為終吉 APAX 暗剁地域犬》錯字連篇小作文。

人類和惡靈的眼睛都變成又彎又邪惡的形狀。

除了手上擁有天使們的把柄之外，現在又多了好多托比亞斯的把柄。哪天托比亞斯吵著要離開的話，就拿這些東西去地獄朗誦吧？

「你在開心什麼？」

托比亞斯不知道什麼時候從公園回來了，後面跟著那個吵著要改去隔壁麥當勞打工，在利蘭漲了薪水、升級辦公室環境以及增加三節獎金之後又乖乖回來做事的亞契。

利蘭闔上桃樂絲，什麼也沒說。

托比亞斯看看桃樂絲，又看看利蘭，表情明亮地說：「哇！她很喜歡你耶人類，真不簡單，桃樂絲通常只喜歡一些控制狂、連續殺人魔、個性狂暴或精神很有問題的人。」

桃樂絲看起來喜歡死利蘭了。
「我塞了點賄賂給她。」利蘭說，他摸著桃樂絲的書皮，像在摸貓毛一樣。
桃樂絲爽到都翻白眼了。
「你們一定能相處得很好吧。」托比亞斯點點頭，走到辦公桌後方很自在地在利蘭大腿上坐下。
桃樂絲又露出了噁心的笑眼，看得一旁的亞契猛起雞皮疙瘩，不知道托比亞斯到底是從哪裡弄來這種古怪的玩意兒。
不過看老闆單手支著臉，慵懶平和地盯著腿上的托比亞斯的模樣，亞契也沒多說什麼。只要老闆心情好、多加薪、準時讓他下班，就算是要養魔鬼他也不會有意見。
「托比。」
「嗯？」托比亞斯漫不經心地回答，從衣服口袋裡掏出一根菸放到利蘭嘴裡，點上。看利蘭自然而然吸著菸的模樣，他猛搖尾巴。
利蘭取下嘴裡的菸，手掌放在托比亞斯腰椎之上。
「來吃飯飯好不好？」
當聽到老闆用那種讓人毛骨悚然的娃娃音說話時，亞契就知道自己該下班了。他默不作聲地出門，順便替老闆將辦公室的門帶上。

「唔！好、好！當然好！」托比亞斯的聲音從裡面傳出，但很快，那種興奮的叫聲會變成另一種興奮的叫聲。

在終極APEX闇墮地獄犬的努力之下，今天的人間沒有忽然降臨黑幕、湖水乾涸、天崩地裂，也沒有任何一個人類、天使或魔鬼受到傷害。

「呃嗯、啊、啊！啊啊！」

「乖孩子！」

今天的人間也是和平的一天。

番外篇

角

親愛的桃樂絲，聽亞契說，最近妳很常不懷好意地盯著他看，或是忽然出現在陰暗的角落、他的抽屜裡、他的包包裡嚇他，是這樣嗎？

魔鬼只穿著條內褲坐在人類的書房裡，振筆疾書。

桌上的日記本咕嚕咕嚕地轉動她的眼球，然後惡意滿滿地彎著眼睛，沒有否認。

我知道嚇亞契很好玩，但是可以節制一點嗎？不然他都一直吵著要去隔壁麥當勞打工，他如果真的離開，這樣以後誰要帶我去公園玩？

桃樂絲對著托比亞斯翻白眼，於是托比亞斯重申——

這樣以後誰要幫妳保養睫毛、滴眼藥水和畫眼線？

桃樂絲眨眨眼，瞳孔左擺右擺，勉強算是同意了這個說法。好吧，亞契確實是伺候她伺候得不錯。

對了，妳有沒有發現，最近我的魔鬼角好像又變得更大了耶！

換了個話題，托比亞斯繼續和桃樂絲尬聊，一邊還在桃樂絲面前擺弄起自己的腦袋。

確實，那兩根小小的角終於肉眼可見地從紅髮中露出，又黑又亮，雖然不大，不過也不再被頭髮完全遮掩。

嘿嘿。

托比亞斯開心地摸著自己的角。

看來我只是青春期過得比較慢。

青春期過得比較慢嗎？桃樂絲倒不這麼認為，功勞可能必須算在某位身上……

我要去讓利蘭看看！

說耶穌耶穌到呢。

原先還聊得很開心的紅髮魔鬼一下子竄得不見人影，見色忘友。桃樂絲翻了個大白眼，無聊的她翻開自己的書頁，啪噠啪噠，開始計劃下次要如何嚇唬辦公室的人類。

她會收斂一點，但不代表她必須停止這項娛樂，嘻嘻。

至於托比亞斯，他幾乎是用衝的衝回房間內，也不管床上的人是不是還在睡，仗著人類已經習慣讓他隨意爬上床這件事，蹦蹦跳跳。

「利蘭！你看、你看我的角，是不是越長越大了？」托比亞斯向床上窩在被窩裡的人類展示自己的魔鬼角。

人類剛起床不久，還有點懶散，他皺眉，陰沉著一張臉看向趴在他身上的魔鬼。

窗外的天空並沒有變紅，湖水也沒有忽然乾旱，外頭覓食的鴿群都還在自由飛翔，咕咕咕地叫，沒有不自然死亡的跡象。

利蘭瞇起眼，好像不只是托比亞斯的魔鬼角長大，自己最近對魔鬼的耐心好像也越來越大了？

撥攏散落在臉上的瀏海，利蘭盯著天花板，開始思考著這究竟算不算好事，托比亞斯的臉卻湊上來，打斷他的思考。

魔鬼圓圓的眼睛發亮，整張臉都快要貼到他臉上。

「是不是？你也看到了吧？」

「……」

利蘭默不作聲，看著整個人趴在自己身上的托比亞斯，心想要是以前的話，他大概早就扯著魔鬼的角然後用力過肩摔到地上去，再補踢好幾腳了吧？

但現在的他只是伸出手放到托比亞斯腦袋上去，扯緊他的頭髮，又放鬆，又扯緊，就這樣來回用力搓揉了好幾下。

托比亞斯的臉被拉醜了也不介意，尾巴咻咻咻地搖。

自己果真其實是個心腸軟、悲天憫人又慈悲為懷的人啊。利蘭心想，那些老說他心腸毒辣的傢伙們根本都在造謠吧？

「是因為我把你養得很好，每天都餵你吃好吃的食物，對吧？」利蘭揉著托比亞斯的臉，不知道從哪裡摸出手機來，強迫托比亞斯拍照。

他手機裡最近越來越多托比亞斯的照片了，簡直像他最不想成為的那些愛狗成痴的狗主人一樣，真是丟臉呢……利蘭心想。

托比亞斯不知道他的心思，只是任他抓著拍照，也不知道有沒有在聽他說話，然後忽然沒頭沒腦地就來了一句：「你今天也很漂亮呢，人類。」

利蘭拍照，嘆息，拍照。

明明魔鬼長得這麼衰、這麼好笑，怎麼會比別人家的寵物都還要可愛呢？所以手機裡全部都是托比亞斯的照片也是理所當然、值得諒解的行為吧？

利蘭擅於寬恕，所以他很快就原諒了自己，然後將手機裡的新照片傳進「地獄汪汪汪家」群組。很快地，有四頭已讀，但只有加姆回了個大拇指。

自從他送了 IKEA 系列床具組後，加姆就超愛他的。

「你在跟誰傳訊息？」托比亞斯探頭探腦。

「跟父親大人和母親大人們報平安呢。」利蘭丟下手機窩回被子裡回答。答應絲蘿們的承諾，他可是都有乖乖遵守。

「都說了什麼？有告訴老媽們我現在角長得多大嗎？」托比亞斯纏人地跟著鑽進棉被裡，逼利蘭摟摟抱抱。

盯著蹭進懷裡的托比亞斯，利蘭沒有拒絕，隨手用手指搓揉起他的黑色尖角。

「呃！」不料托比亞斯全身一顫，立刻翻起身子坐到利蘭腰上。「好癢。」

「哪裡癢？」躺在床上的利蘭將雙手擺到後腦杓問。

「不知道，你摸就癢……明明亞契摸就不會。」托比亞斯說。

利蘭沒說話，注意到坐在他身上的魔鬼胯間的慾望隆起，正明顯地抵在他的下身上。

色慾養大的角，所以很敏感嗎？利蘭挑眉，伸手掐住魔鬼的臀肉。

「以後別讓我之外的人摸你的角，亞契摸也不行，知道嗎？」他警告著，指尖探進魔鬼的臀縫間。隔著薄薄的內褲，溼潤的液體微微滲出，沾溼布料。

「知道知道知道……」托比亞斯連忙點頭，被利蘭弄得坐立難安。

看著內褲逐漸隆起成形狀明顯的魔鬼，利蘭哼笑出聲：「昨天晚上明明被餵到肚子圓滾滾的，都還沒消下去，現在又開始嘴饞，怎麼這麼貪吃？小笨狗……再這樣下去，角長出來之前會先變得肥嘟嘟的。」

被利蘭用食指戳著肚皮，托比亞斯感到委屈。這又怪不了他！人類如果不想他吃得胖胖的，就不該老是引誘他，不是嗎？

「變胖的話你會不開心嗎？會像之前那樣把我丟回地獄嗎？」托比亞斯追問。

利蘭盯著一臉緊張的魔鬼，故作沉默。他還沒讓托比亞斯知道自己在契約書上加的新約定，現在他們等同綁定成一體，托比亞斯逃不了，他也丟不掉他，所以魔鬼根本不用擔心這些。

不過利蘭並不急著讓托比亞斯知道這件事，或許也不打算讓他知道了。

畢竟……看托比亞斯為了他緊張，還是滿好玩的。

利蘭微笑，今天的耶穌基督也充滿喜悅和樂……他自己不是很習慣，不過感覺不算差。

「不，胖也滿好的，代表我是個好主人。」利蘭拍拍托比亞斯的肚皮，碧綠色的雙眼笑得彎彎的。

外頭街道上的樹忽然猛爆出盛開的花朵，不知情的路人還在拿手機猛拍，記錄此刻的神蹟。

「不要那樣笑。」坐在神蹟本人身上的托比亞斯卻說。

「為什麼？」

小狗不高興？

「不知道，就最近你這樣笑我都心跳得好快，有種揪起來的感覺。」托比亞斯捧著胸口，質疑利蘭：「這不是什麼契約裡新訂的變態懲罰之類的吧？」

利蘭眨眨眼。契約裡可沒有這條喔。

「不是。」

「還是我真的吃太胖了？我要像馬努列斯那樣年紀輕輕就有脂肪肝或心血管疾病了嗎？」托比亞斯哭喪著臉。「那我不要吃了。」

那怎麼行？

利蘭掐住托比亞斯的臉，翻身把魔鬼往床裡壓。

「反正魔鬼又死不了。」揉著托比亞斯的臉，利蘭重重地親了他一口，又響又亮。

剛剛還吵著說不要吃的托比亞斯兩顆圓眼睛馬上亮晶晶，口水流個不停。

「是是是，說得也是。」

真的是很容易就被人類說服的魔鬼。

「還好你遇到的是我，被其他人拐走怎麼辦？」利蘭說著，一口氣扒掉托比亞斯的內褲。

不知道耶，可能真的會變成 APEX 暗墮地獄犬而不是超重過胖地獄犬？托比亞斯難得想吐槽，沒膽也沒心說出口而已。

魔鬼盯著裸睡的人類，人類胯間好像很好吃的東西早就已經挺立堅硬，弄得他口水直流。

人類要這麼說，那事實就是這樣吧。

「是是是。」

「如果不是我，小笨狗你根本沒辦法在人間好好存活，角也沒辦法長這麼大。」

人類又在用娃娃音說話了。他折著魔鬼的腰，掰開魔鬼的大腿，低頭親吻魔鬼的角，扶著熱燙燙的勃起，龜頭也有意無意地吻著魔鬼濡溼收縮的後穴。

托比亞斯滿懷期待，上面下面都在流口水。他伸手環住利蘭的肩膀和頸子，雙腿也用力纏住對方的腰。

「是是是，你說的都是啦。」

看著滿臉迫不及待、表情充滿仰慕，眼睛裡都在冒愛心的魔鬼，利蘭又笑瞇了眼，弄得魔鬼激動到頭頂都開始冒起白煙。

「親我一下？」利蘭要求。

「人類你真的很喜歡親吻呢，好奇怪啊。」說歸說，托比亞斯自己倒是迫不及待地抬臉親吻利蘭的嘴唇，還吻了好幾下。

「乖孩子，真是乖孩子。」

揉著托比亞斯的角和頭髮，利蘭傾身壓在魔鬼身上，進入他、擁抱他、用力親吻他，像是要將自己和魔鬼融合在一起。

現在托比亞斯完全是他的了，以後沒人能夠搶走，上帝也不行。

嚙咬著托比亞斯的下巴，利蘭擺動起腰來，今早也打算把他的小狗餵得白白胖胖。

隨著床鋪吱呀吱呀地響，一旁櫃上那個像網美一樣靠在十字架上受難的耶穌木雕跟著床一起震動。只不過這次它不孤單，旁邊不知道被誰多擺了隻吉娃娃搖頭公仔陪著一起受難，醜醜的腦袋搖頭晃腦起來，好像很開心。

國家圖書館出版品預行編目資料

地獄犬受難日 / 碰碰俺爺作 . -- 初版 . -- 臺北市 :
臺灣角川股份有限公司 , 2023.04
　冊 ;　公分
ISBN 978-626-352-454-5(第 2 冊 : 平裝)

863.57　　　　　　　　　　112001744

地獄犬受難日 2

作者 / 碰碰俺爺
插畫 / 瀲總

2023年4月24日 初版第1刷發行

發行人 / 岩崎剛人
總監 / 呂慧君
編輯 / 蘇涵
美術設計 / 邱靖婷
印務 / 李明修（主任）、張加恩（主任）、張凱棋

台灣角川

發行所 / 台灣角川股份有限公司
地址 / 104台北市中山區松江路223號3樓
電話 / （02）2510-3000
傳真 / （02）2515-0033
網址 / www.kadokawa.com.tw
劃撥帳戶 / 台灣角川股份有限公司
劃撥帳號 / 19487412
法律顧問 / 有澤法律事務所
製版 / 尚騰印刷事業有限公司
ISBN / 978-626-352-454-5